莱 茵
访 学

中国学人的德国记忆

ZWISCHEN RHEIN
UND ELBE

Leben und Studium
Chinesischer Studierender
in Deutschland

李雪涛 温 馨 编

社会科学文献出版社
SOCIAL SCIENCES ACADEMIC PRESS (CHINA)

前　言

一个基金会、一位汉学家和一群中国留德学生

李雪涛

　　本书展现了改革开放后不同年代的学者在德国学习、生活的经历，这些人都与一个基金会以及一位汉学家的名字紧密联系：天主教学术交流基金会（KAAD）和汉克杰（Heinrich Geiger）博士。本书包括了几代留德学人对他们的感激之情。其中有李长山、陈泽环、康志杰等50后，翟灿、张德峰、杨九华、徐龙飞、李雪涛、顾卫民、曾金寿、夏可君、宗晓兰等60后，以及70后的张旭，还有罗莹、陆遥、张欣、罗颖男、陈笑天等80后。本书反映了留德学人从不同时代、不同视角看到的在20世纪80年代后德国的发展，以及德国社会的各个方面。这些留学德国的学生所学的专业涉及哲学、音乐、美术、艺术史、宗教史、历史学、社会学乃至物理学等人文、自然科学的各个方面，回国之后，他们为中国的发展做出了贡献。

一、对德国的仰慕及想象

　　他们中的很多人都是通过 KAAD 奖学金的资助，第一次走出国门，第一次到了德国，到了欧洲。

在出国之前，大部分中国学生，对德国学术有着一种仰慕之情。作为 70 后学人的张旭就写道：

> 以前曾读过季羡林先生的《留德十年》，从书中也可以看出季羡林先生一生的学术基础和成就基本上都是在留德十年做出的，回来之后就再也谈不上学术上的更进一步了。（本书第 163 页，以下仅注明页码——引者注）

这当然是跟德国拥有悠久的人文传统和扎实的学术方法分不开的。

1994 年初踏上德国土地的朱刚甚至认为：

> 我今生第一次把脚踩在了德国的土地上。那一刻，我相信这是"另一个世界"，告诫自己一切都是新的，都将从头开始。我甚至欺骗自己，欧洲的天不是蓝的，是五彩的。但当踏踏实实地站住了，我深深地呼吸了一口，发现一切都不是想象的那样，天依然是蓝色的。（第 91 页）

今天看来，当时真的太激动了。不过 20 世纪 90 年代我第一次在法兰克福机场降落、看到到处是红瓦白墙的尖顶房子时，也感觉来到了格林兄弟的童话世界。

二、不同时代从国内办手续到德国的经历

去德国之前需要在国内办理相关手续。从曾金寿的文章中，可以重温 20 世纪 90 年代初办理出国手续之艰辛，他提到的"涉外亲属证明""支付培养费"等，我也都有印象。出国是一

件大事，相关手续办理起来实属不易。这些或许对于今天的年轻人来讲真是匪夷所思的事情，在当时却难倒了很多当事人。以前在德国读书的时候，读到法国作家巴尔扎克（Honoré de Balzac，1799—1850）的一句话："Die Erinnerungen verschönern das Leben，aber das Vergessen allein macht es erträglich"（回忆美化了生活，而只有忘却能使得生活可以承受），当时深有感触。实际上，今天再读到这些文字的时候，更多的是一笑了之的回忆，已经很难想象当时的情形了。直到 20 世纪 90 年代，办理出国手续之难还常常让人一筹莫展。

　　在两德统一前就去德国留学的陈泽环，于 1989 年 10 月赴当时东柏林的洪堡大学进修。在德国期间，他正好经历了柏林墙倒塌的时刻：

> 特别令人难忘的是：1990 年 10 月 3 日深夜，我来到勃兰登堡门——柏林的象征附近，观察德国人是以何种方式庆祝自己国家重新统一的。那天深夜虽然十分寒冷，但受到德国人庆祝国家统一欢乐情形的感染，我也感到热乎起来。（第 16 页）

　　李长山记录了与汉克杰博士一家在波恩的友谊。20 世纪 90 年代初，他和家人住在波恩的哥德斯堡（Godesberg），我在波恩大学读书期间也在那里住过五年之久，因此，他的描述让我读来倍感亲切。文中他也讲述了女儿雨欣在德国快乐成长的故事。

　　此外，李长山是为数不多的当时能在德国大学讲授汉语的代课教师，从 1989 年起，他就在波恩大学的东方语言学院讲授汉语语音。俗话说，"教学相长"，此话一点不假。李长山跟他在波恩大学的学生也建立起了友谊，因此，他说"我累并快乐着"（第 7 页）。

曾金寿对当时蒂宾根大学音乐学院授课的情况予以了说明。

除访学和研究工作外，顾卫民还分享了他儿子在海德堡幼儿园的美好经历。顾卫民将这些经验总结为五个方面：感情和友谊；遵守纪律和诚实；儿童很少看电视，注意听力培养；注重实践，教育来源于生活；老师的负责与爱心（第 146～148 页）。

作为基督教历史学家，康志杰借助于 KAAD 的奖学金在德国著名的汉学机构——华裔学志研究所进行了为期一年的研究。她讲述了她在波恩的语言学校与来自不同国家的奖学金获得者一起学习、生活的经历。她的生日到来之时，来自西班牙、印度、印度尼西亚、乌干达、埃塞俄比亚、肯尼亚的同学们分别用不同的民族语言来向她祝福。因此，她写道："在语言班学习期间，与其说是学习德语，不如说是了解不同国家的文化。"（第 154～155 页）康志杰描述了她在圣奥古斯丁（Sankt Augustin）参加圣马丁节的经历（第 155～157 页），这也让我回忆起在波恩留学的日子。每年 11 月，天气开始变得阴沉、湿冷，此时我就开始盼望当月 11 日傍晚的灯笼节游行队伍，因为傍晚孩子们手里的灯笼会给人以明亮、温暖的感觉。据说这个节日是为了纪念一位罗马军人马丁曾割袍与乞丐分享的事迹，在他去世后而设立的。这是一个北莱茵地区的节日，之后就是斋戒日，宣告着来年科隆狂欢节的到来。

罗莹是在21世纪第二个十年的开始到德国南部的小镇埃尔朗根的，她通过自己的亲身经历讲述了对德国人的第一印象，"不苟言笑、恪守规矩，一语概之：没人情味"（第179页）。而她在与德国导师郎宓榭（Michael Lackner）教授的接触中，流露出了对德国学者的钦佩之情："他总能从资料中一个小小的细节引申出一系列的议题，一并平等无私地与我分享他的智慧与感悟……"（第182页）

这期间到德国的还有陆遥。她也是此时沃尔芬比尔特（Wolfenbüttel）的。她描写了从北京这两千万人口的都市到达这样一个德国"小镇"的感受："德国的许多中世纪小镇都保留有年代久远的木屋，尤其是中心地带街市上的那些小屋，往往一栋栋连在一起，每一栋的门脸都装饰有不同颜色的边框或底色，十足的童话场景。"（第188页）"北京的街道和房间里总有人声，总有喧嚣，而这座小镇仿若空灵的世外桃源。"（第189页）

罗颖男到柏林之后，住在天主教学生宿舍，作为在中国内地长大的80后，他觉得那里的一切都很新鲜："就餐前，大家会齐唱圣歌，做祷告，饭后会围坐在一起进行主题讨论或做游戏，……主要为了增进彼此之间的友谊。"（第194页）柏林的地铁，没有北京烦琐的安检，熙熙攘攘的人群，连上下车都需要自己按按钮："我学着他人的样子按动车厢门上的按钮……"（第195页）这些对很多第一次到德国的中国人来讲都是全新的体验。罗颖男也对外交部政治档案馆和柏林自由大学做了精彩的描述。

张旭到蒂宾根大学图书馆之后，感慨万千："面对这么理想的研究条件，剩下可做的就是一件事了：拼命读，拼命写，充分利用它。"（第 165 页）。

目前，由 KAAD 资助、正在科隆大学读博士的陈笑天，则有完全不同的经验。他与汉克杰是通过导师徐龙飞教授在北京大学认识的，之后顺利抵达德国，进行博士阶段的学业。

三、留学德国的意义

就我个人的留学经验来讲，除所学专业外，在欧洲接受德国教育以及文化熏陶的经历本身，对于我的人生道路和精神发展都产生关键的影响。作为德国哲学重要的研究者和译者的陈泽环认为：

> 20 多年来，我为中国引进德国文化尽了绵薄之力。究其原因，其中之一就是我有到德国访学的经历，其中特别重要的是 1995 年由 KAAD 资助的访学，这使我有机会比较系统和全面地了解现代德国哲学——伦理学的发展成果。（第 13 页）

因此，在德国留学、访学的机会，对大部分中国学人来讲，都是非常重要的人生经历。

在异国和祖国之间，在与异质文化的碰撞和交流中，这些留德学人始终扮演着双重角色。他们由对德国学术的学习、翻译、研究，到对中国传统和当代文化的研究，孜孜不倦地做着自己的贡献。陈泽环便是其中一位。他从最初对天主教伦理学、施韦泽等的研究，转向中国伦理学研究，从而完成了从他者文化研究到自我文化研究与认同的转变。

对于作为基督教艺术史学家的顾卫民来讲，21世纪在海德堡访学的收获不仅在于开阔视野方面，他还总结了在学术研究上向德国学习的四个方面。一是研究学问要从源头做起。他举例说德国做中国佛教艺术研究的学者，不会将眼光局限在中国境内的研究对象上。他们对于犍陀罗、印度、东南亚的佛教艺术均有深入的了解。他们认为，只有这样，才能对佛教艺术传到中国以后发生的流变加以分析，才能比较出其中的异同。二是多种学科知识的运用。他举例说雷德侯（Lothar Ledderose）教授曾运用多学科的知识向他们实地介绍一座古老的圣彼得教堂，这令他佩服不已。三是注意细节的剖析。他举例说，德国艺术史学者的著作特别注重人物的详细剖析，除了人物的家族和生平之外，还会专门讨论其宗教感情及其形成的原因、癖好和心结、与同时代的各种人物的关系等。四是理性主义的客观批判精神。他认为，德国学者所写的教会史著作，对教会人物的评价基本上没有受到其宗教的影响。（第143～145页）

对于很多学人来讲，德国的留学生涯成为他们人生的转折点。张德峰写道：“‘在德国留学是我人生中最重要的转折点之一’，我得到KAAD奖学金的支持，并由此真正开始了我的艺术之旅。这不仅圆了我的留学梦，也使我的人生步伐变得沉着坚定，艺术生涯丰富多彩，问题意识渐入深刻。"（第 59 页）。

而张旭写道："留德一年不仅是我从事基督教神学思想研究最有收获的一段时间，也是令我终生难忘的一次文化之旅。"（第 170 页）

翟灿在德国停留的时候，重温孩提时代的游戏，让她重新感受到了生活的多样性：

> 组织者特别重视全体参与，总是让同学们贡献集体游戏，穿插表演。这可年年把中国学生难住。这帮人基本上从小都是爱学习的好孩子，除了幼儿园时代玩过丢手绢、击鼓传花外，早忘了什么是集体游戏。（第 83 页）

在德国留学的日子，也使得这些学人真正地走出了所谓的书斋。他们参加各种研讨会，跟不同的人接触，参观各类文化设施（宗教的、世俗的），等等。这有助于他们全面了解德国的社会、文化、历史，同时也有助于培养他们健全的人格。

尽管改革开放初期去德国留学的中国学生在国内接受的是无神论的革命教育，但是在德国基督教文化氛围中，他们还是从吟唱一首黄河船夫曲中，体验到了信仰的神圣性：

> ……他们推举我临时代表大家，吟唱一首有点精神性内容的歌。我选了一首黄河船夫谣，用循环往复的调子，慢慢地唱着黄土地上一群跋涉的心灵："你晓得——天下黄河几十几道弯——，几十几道弯上——，几十几条

船唻——"我们后来非常高兴，其他国家的同学们居然都听懂了歌中的辛苦、寻觅，大家还十分喜欢这个曲调。祈祷结束的时候，不但韩国同学纷纷跑来夸赞我们的"祈祷歌"真好听，而且音乐细胞特别发达的非洲同学，居然连基本旋律都学会了，小礼拜堂和庭院里，有好一阵子都有一些浑厚男声，回声一样重唱："几十几道弯——，几十几……几十几……"（第84~85页）

这是一个很有意思的故事。中国的曲子在脱离了原来的情景和脉络后，在全新的语境中往往会获得意想不到的新的、具有创造性的诠释和理解。

作为艺术家的张德峰在德国开始思考中国当代艺术的问题，他写道：

> ……我也开始沉思中国当代艺术的核心问题，我发现中国传统文化在当下的主导力已经非常弱小，原因不仅仅是20世纪60年代的"文化大革命"，更多的还是因为中国传统文化缺少西方文化中那种救世创新的献身精神。因此，在被彻底破坏的传统废墟上，中国人很难建立起创新的现代文化机制。（第67页）

多年来在中国生活学习的经验与欧洲文化艺术相遇，必然会产生差异、不解和困惑。这样的陌生感反过来会促成对自己文化的反思和批判。

四　KAAD 与汉克杰

正是 KAAD 使得这么多的中国学子有机会到德国去，接受另外一种文化的教育。中国学生到了德国，当他们从一个熟悉的世界来到一个陌生的世界，所操持的语言由汉语变为德语时，也承受着不同生活方式和观念的冲击与考验。在这种情况下，用熟悉的汉语发出的一声问候，对很多中国留学生来讲可能都是巨大的心理慰藉。

罗颖男对 KAAD 的评价是："KAAD 所有工作人员正是以这样一种和风细雨般的柔情关心着每一位奖学金生的学习与生活，使得大家仿佛跨越了国家和宗教的藩篱，成为温暖而和谐的一家人。"（第 201 页）

作为一家基金会，KAAD 的具体工作是通过其工作人员得以彰显的，而对中国留学生来讲，汉克杰则是 KAAD 的代言人。张欣写道："汉克杰博士是一个温和、热心、健谈的人，他有很强的亲和力和儒雅的气质。"（第 210 页）

众多回忆文章有一个共同点，那就是汉克杰博士跟所有这些中国留学生的接触都特别真诚，他常常会在过节的时候将中国留学生请到家里，让这些在异国他乡的游子们感受家庭的温暖。

作为 KAAD 亚洲部的负责人，汉克杰常常跟包括中国人在内的很多国家的奖学金生打交道；他同时也是汉学家、哲学家；他对中西文化交流，特别是美学和音乐的研究有着很深的造诣；他也是艺术家，他的水彩画让人想到 19 世纪的印象派……但种种身份对于汉克杰来讲远远不够，在这本集子中，大家将他称作"我们这些来自亚洲的孩子在德国的'大家长'"（第 190 页）、"在我们中国留学生心目中也是一位文化使者"（第 84 页）、"爱的使者"（第 64 页）等。

1995 年夏天，宗晓兰一家在西安第一次见到汉克杰博士，她在回忆的文章中提到了当时见面的情形：

> 我们第一次见到汉克杰博士，就感到他有些亲切，因为他不像一般想象中的外国人那样高大魁梧，需仰视才行。他大概不到一米八，头发虽不那么乌黑，但直直的倒挺像中国人；给人印象最深刻的是他的眼睛，不仅炯炯有神，而且非常友善。（第 28 页）

汉克杰不仅是基金会的工作人员，而且是一位汉学家。夏可君从一个侧面描写了他与汉克杰的接触给自己带来的对中国文化认识的改变：

> 遇到汉克杰博士，对于我，是一次机会，让我重新发现了中国文化的自然之美，让我有可能再一次以新的目光来看待中国文化的自然审美观。与汉克杰博士的相识，让我认识到，并非一个中国人生来就具有自我认识的优势，并非生长在这个文化中就一定可以本能地认识这个文化的美，这不是想当然的，除非你对自身有着再一次的认知，除非你唤醒生命中潜藏的因素，即自然的内在性。（第 120～121 页）

很多中国人理所当然地认为，只有中国人才能理解中国。但凡有点阐释学常识的人都知道，这样的说法是站不住脚的。夏可君从作为汉学家特别是美学家的汉克杰身上认识到了这一点。

20 世纪 90 年代初在波恩的时候，翟灿认为汉克杰既是他们这些来自亚洲不同国家年轻人的领导，又是大家的朋友，"他幽默亲切，轻松低调，善于分配角色和沟通，与大家从未刻意保持过距离"。（第 82 页）我认为，这个说法非常准确。汉克杰非常注重亚洲各国年轻人之间的相互理解，翟灿在回忆中讲述了一次由汉克杰策划的换位思考的活动：

> 他有一次组织我们亚洲部同学座谈，给各国留学生们出了个题目：换个角度，从他人的角度去看自己的文化。这个话题激发了各国青年们的文化间对话，促使我们审视自己。我就是在那一次，从听到一个印度尼西亚同学对中国的抱怨开始，从不解到了解，到第一次真心反省自己的大国心态：我对自己邻国的文化，对那里的人民，关心了解得实在是太少。（第 82 页）

在德国，中国留学生也学会了如何同亚洲各邻国学生交往。此外，翟灿也指出了汉克杰对她人生的意义所在："因为他的文化使命感，我才作为研究者与德国哲学和文化结下不解之缘，我在人生路上从他这位文化使者身上学到的最重要的品质就是爱心和尊重。"（第 89 页）

杨九华曾三次获得 KAAD 的奖学金，有幸在著名的科隆音乐学院读完了硕士和博士。他的回忆文章向我们展示了一幅北莱茵地区的音乐图景。他除了感谢 KAAD 之外，也特别感谢汉克杰及其家人："他们慷慨无私地为德国的音乐文化事业贡献着自己的力量，也在巧妙的缘分中成就了我一生中最为美好的异国求学经历。"（第 101 页）

通过跟汉克杰的多方接触，朱刚认为：

> 日积月累，挂在他脸上的是抹不去的责任、善良、厚重、严谨。他有着德国人特有的眼神：坚定、透明！逻辑、风趣、从容、包容是汉克杰做人的标准。他从不摆主人姿态，为人谦和，尊重各种肤色的人。（第 92 页）

汉克杰的这些特点，也体现在其他人对他的描写之中。

沈奇岚对汉克杰从银行到基金会工作的选择赞赏有加：

> 汉克杰先生来到基金会之前，在一家著名的银行工作。高薪，稳定，职业轨迹清晰且闪亮。可是日日对着数字，让他觉得这不是他的人生。于是先生就辞了职，来到这个并不十分起眼的基金会工作。……在基金会工作，需要无限的精力和耐心去服务。汉克杰先生的工作，是在亚洲各国选择有志于学术的青年人，为他们提供深造的机会。（第 172 页）

这样的人生选择在物欲横流的今天显得尤其可贵。沈奇岚接下来写道："物质于他，并不是生命中最重要的事情。音乐、美、人和人的相遇、对道德的追寻、对人的成就、对美德的实

践，才是他值得追求终身的生命真谛。"（第 178 页）并且认为
汉克杰"有着苏轼'一蓑烟雨任平生'的达观的处世态度"
（第 119 页）。Bonum virum natura, non ordo facit.（Publilius
Synus）这句拉丁文格言的意思是，一个人之所以好，并非来自
其地位，而是源自其人格。我觉得这句话所说的就是汉克杰这
样的人。

正因为如此，大家都抱着感恩的心情来撰写这些文章。陈
泽环写道：

> 我崇敬的德国文化伟人施韦泽始终强调"感恩"的重要
> 性，确实应该如此。虽然，与二三十年前相比，自己现在各
> 方面的处境好多了，但不能忘记，在刚刚走出封闭且尚未完
> 全告别贫困的时候，我曾经受到以汉克杰博士为代表的德国
> 人民的帮助，这是应该永远铭记在心的。（第 14 页）

到德国之后，在 KAAD 的聚会上，罗莹才接触到这么多亚
洲国家的人："若非身处德国，我们很难与如此之多来自亚洲邻
国的年轻人齐聚一堂，也难能如此直接地聆听来自邻国的声音
乃至批评，实际上只有身处第三国，我们才能拥有一个抽离各
自现实处境及牵绊，冷静思考、对话回应并试图理解彼此的宽
松氛围。"（第 183～184 页）

在从柏林到慕尼黑五个小时的车程中，罗颖男看到的是与
在北京的地铁上看到的截然不同的场面："我仔细观察到，德
国人不论男女老少，几乎没有人在火车上睡觉，全都专注地看
着手中的书本，柏林的地铁里也是一样；与之相比，北京的地

铁和火车上，却满是沉迷于电影和游戏的‘低头族’，这一点的确值得我们反思。"（第 199 页）

五　全球史视野下的留学史

胡适（1891—1962）于 1912 年发表《非留学篇》，指出当时中国出洋留学的四大弊端："留学者，吾国之大耻也！留学者，过渡之舟楫而非敲门之砖也；留学者，废时伤财事倍功半者也；留学者，救急之计而非久远之图也。"[①] 至于"留学当以不留学为目的"的原因，对于面对"五千年未有之变局"、以救亡图存为目的的胡适一代青年人来讲是可以理解的。因此，清末民初出国留学的仁人志士大都选择军备、西政、西艺、西学等实科来救亡图存[②]。但今天看来，留学是永远也不会终止的，特别是在世界已经逐渐成为一体的当代，各种文化间的同步性和相互依赖愈来愈强烈。生活在全球化今天的人们，更不会停止跟其他民族的交流和互动，因为每种文明体系的进步总离不开与异质文明的交流和融合。留学自始至终承担着促进各国、各地区的沟通与共同进步的使命，是人类文明传播的重要方式。它帮助不同地域、不同种族的人群实现相互沟通。改革开放后的中国留学生，当时在很大程度上依靠了国外的各种奖学金和基金。21 世纪以来，随着国家留学基金

---

① 胡适著，耿云志、宋广波编《学问与人生》，外语教学与研究出版社，2011，第 370 页。

② 舒新城：《近代中国留学史》（影印版），上海文化出版社，1989，第 136 页。

委资金的不断增加，由中国政府和中国民间支持的奖学金生的比重不断上升。今天不只是中国莘莘学子负笈国外，也有大量由中国政府支持的海外学生到中国来留学，逐渐形成了中外间真正的互动。

实际上，早在 20 世纪初逃亡离国之初，康有为（1858—1927）已经认识到，在国内遍寻、苦读关切中国社会时弊的西学新书，远不如自己亲自到欧洲考察来得便捷。于是他提出"当读中国书，游外国地"的主张，认为："以互证而两较之，当不至为人所恐吓，而自退于野蛮也。"① 跟这种考察相比，留学的方式尽管耗用的时间较长，但能比较彻底地达到康有为的目的，亦即将游历见闻，与本土文化参照，进而考察历史与当下的得失。在地域上，留学需要负笈他国；在方式上，留学需要进入学校或研究机构，并以学习研究为主要目的。

20 世纪 30 年代，著名中外交通史家张星烺（1889—1951）先生认为，自明代中西交通以来，欧化东传之媒介，大致可分三种：一是欧洲商贾、游客、专使及军队之东来，二是宗教家即传教士之东来，三是中国留学生之传来②。留学生这个群体，在中国新文化的建构中做出过巨大的贡献，同时也是社会变革的中坚力量。正是因为这场史无前例的巨大留学运动，中国文化在近代改变了发展方向。而舒新城（1893—1960）也认为："无留学生，中国的新教育与新文化决不至有

---

① 康有为：《欧洲十一国游记二种》，载《走向世界丛书》（X），岳麓书社，2008，第 115 页。
② 张星烺：《欧化东渐史》，商务印书馆，2011，第 4 页。

今日，……现在教育上的学制课程，商业上之银行公司，工业上之机械制造，无一不是从欧美日模仿而来，更无一不是假留学生以直接间接传来。"①在中国从传统农业社会向近代工业社会转变的进程中，留学生起到了非常重要的作用。这些从西方国家以及日本留学回来的人士，承担了传播新文化的媒介作用。他们是社会变革的先锋。甚至毛泽东（1893—1976）也指出："那时，求进步的中国人，只要是西方的新道理，什么书也看。向日本、英国、美国、法国、德国派遣留学生之多，达到了惊人的程度。国内废科举，兴学校，好像雨后春笋，努力学习西方。"② 直接接触异质文化使得他们获得了现代意识，成为西方文明的载体，促进带动了整个知识阶层的转型。他们的存在使中国真正拥有了现代意义上的具有批判精神的"知识分子"。他们引进了近代西方的教育思想和教育体系，培养了一大批近代化教育的师资，加速了中国教育从私塾走向近代化的进程，从革命思潮的传播，到社会自然科学的引进，乃至语言文字的改革，都涵盖其中。英格尔斯（Alex Inkeles，1920—）认为："人的现代化是国家现代化必不可少的因素。它并不是现代化过程结束后的副产品，而是现代化制度与经济赖以长期发展并取得成功的先决条件。"③ 人的现代化是现代

---

① 舒新城：《近代中国留学史》（影印版），上海文化出版社，1989，第 1 页。
② 毛泽东：《论人民民主专政》，载《毛泽东选集》（第四卷），人民出版社，1991，第 1469 页。
③ 英格尔斯：《人的现代化》，殷陆君编译，四川人民出版社，1985，第 8 页。

化赖以进行并取得成功的先决条件，并且个人现代化还构成了现代化的目标，现代化追求经济发展，其根本目的还是在于人的发展和人的解放，因此个人现代化是社会现代化最有价值的目标。实际上，留学生已经成为影响近代中国变革的一支重要力量。他们的发展轨迹，反映了中国走向世界的历史进程，以及中国人对世界认识的逐步深入。

　　作为一种跨文化的实践活动，留学是与异域的相遇，是一种他者的眼光与陌生现实的相遇。留学行为导致异质文化之间在生活方式、价值观念、意识形态等方面的交流与碰撞，有时甚至会产生极端的社会变迁。留学之所以重要，首先在于它超越了本土的视野，用另外一种眼光来看待世界。其次，对于留学生来讲，同样的学科可能会产生完全不同的意义，因为他们有着跟本土的学生完全不同的脉络。留学又是一种时空交错的过程。时间的维度在留学过程中常常会让人进入未来的场景，使留学生所在国的传统时间与所到之处的当下时间及其所预感到的未来交织在一起。而空间的转移不但有地理形态的骤变，而且有人文环境的巨大差异。实际上，从一种空间向另外一种空间的延伸，使得留学生们的眼界得到了拓展。近代中国积贫积弱的特殊现象，也常常使得留学生个人的漂泊体验与国家的苦难遥相呼应，有着与母体文化难以割舍的血脉关系。留学生的留学所在国、学科等背景及其留学经历本身，都会对其后来的政治和社会行为产生深刻的影响。因此，这批人的身份认同必然要放在中华民族近代以来的历史中才能得以理解。

　　除了书本上与国内完全不同的知识体系和研究方法之外，随着在异域遇到的愈来愈多"匪夷所思"的新事物，自我所属的文化及身份认同的危机、新的空间体验，必然与所在国家的社会文化形成反差，并在此基础之上对自己的身份认同及文化身份进行反思。因此他们往往会提出一些深刻的洞见和富有启发意义的观点。

　　留学生是一枚硬币的两面：一方面，他们在国外生活、读书，向国内传播前沿的思想、文化乃至科学知识，很多学科也正是通过留学生的引进才在中国发展起来的；另一方面，他们也向所在国介绍中国文化，在让更多人了解中国方面发挥了积极的、不可替代的作用。崭新的知识结构以及对现代文明的深入观察和切身感受带来的思想观念的改变，使他们身上呈现出传统与现代的相互交织现象。留学生的本土意识也正是在融入世界潮流时得以凸显的。

　　2014 年 12 月，北京外国语大学成立了全球史研究院，我认为留学史理应成为全球史的一个很重要的部分。一部近代中国留学史，实际上就是一部学习西方物质文化、制度文化，并逐步深入精神文化层面的历史。早期的留学史是将西方近代以来的知识与救国自强相结合的留学运动史，留学生承担着特殊的历史使命，留学成为与中国近现代政治转型、文化转型密切相关的一项事业。实际上，西方和日本的近代教育直接在中国留学生那里孕育出了改革和创新的内在动力。而在中国从传统的农业社会向近现代社会的转型中，留学生也承载着现代与传统的复杂关系，在异国和母国的多重身份转化中，他们常常成为中西之间的矛盾体。以德国为例，早在 1876 年，李鸿章曾派遣过七名中国武官赴德学习军事技术，这被看作近代中国人留学德国的开始①。之后，中国赴德留学人数不断增加。北洋政府时期（1912～1928 年）有众多赴德留学的著名人士，包括在政治上有影响的周恩来（1898—1976）、朱德（1886—1976）等，在学术界有影响的辜鸿铭（1857—1928）、蔡元培（1868—1940）、陈寅恪（1890—1969）、宗白华（1897—1986）等。五四运动的领袖人物蔡元培、陈独秀、胡适则分别代表了当时自欧洲、日本和美国归来的留学知识分子团体。他们对西方制度文化、精神文化的引进，直接导致了中国传统文化的解体。南京国民政府时期（1927～1948 年）的留学生就更多了。在蔡元培主持中研院期间（1928～1940 年），大部分重要成员都是曾经留欧、留美、留日的学生，在科学以及文史方面把握着学科的方向。1949 年，中国与民主德国建交，之后中国只往民主德国派遣留学生。直到 1972 年中国与联邦德国建交后，才又开启了同联邦德国大学的交流。1990 年德国统一后，中国与德国之间的学生、学者交流进一步加强。今天除了德国学术交流中心（DAAD）设有驻京办事处外，德国很多大学也都直接设有驻京办事处，以便更好地为前往德国留学的中国学生服务。

改革开放之后，以西方发达国家为目的地的留学生教育开

---

① 这七人分别为卞长胜、朱耀彩、王得胜、杨德明、查连标、袁雨春、刘芳圃，均属天津海防各营的下级军官。请参考徐健《晚清官派留德学生研究》，《史学集刊》2010 年第 11 期，第 72～79 页。

始迅速发展。这本小册子中所收录的回忆文章，便是 20 世纪
80 年代以来中国学人留学德国的经历，可以算作中国人留学
德国非常重要的史料。这些曾经的留学生，如今在不同的部门
（大学、研究机构、企业等）担任着重要的职务，他们把自己
留学德国期间以及难忘而珍贵的经历记录下来，介绍他们当时
的生活和学习情况，他们在促进中德文化交流方面所发挥的重
要作用，同时也帮助今天的读者了解当时德国社会的各个方
面。留学生的目标并不在留学本身，最重要的是他们对人类其
他文明的认知与留学经验。改革开放以来，有关留学史的研究
蓬勃发展，包括南开大学、徐州师范大学在内的国内几家高校
都成立了相关的研究中心。但这些研究所关注的往往是留学生
从海外归来之后的贡献和影响，而对他们在异质文化中求学的
经历，常常一笔带过。实际上，对留学生在留学过程中文献档
案的挖掘、整理、运用，是具有重要历史意义的研究工作。除
了新理论的引入和方法创新之外，国内留学史研究的问题在很
大程度上是由于没有深入挖掘各种文献资料，尤其是国外的档
案。此外，1949 年以前的中国在海外留学的学生总人数超过
10 万人，而我们近年来的研究往往只关注其中很少的一部分
"精英"。因此，我认为，编辑"普通"留德学人的留学回忆
录，也是我们自身学术史意识的一种体现，同时也为未来留学
史研究留下了重要的学术史料。

　　这些曾在德国生活多年的留学生回忆录，不同于一般的游
记，一般说来，留学生对西方社会、思想了解得更深入。游记
是印象式的描摹，很少像这些留学生会结合自己所学的专业，

不仅对当时的生活进行回忆，而且对社会情况进行系统性的阐释，这其中也包括对学术史来讲非常重要的史料。一部留学史蕴藏着有关对自我、他者认知，以及文化冲突、融合等无尽命题，是对留学生的文化冲突、适应、吸收、涵化、嬗变及传播的研究。在这一深层次的文化交流过程之中，由于受到母体文化的影响，留学生们对德国文化的译介并非简单地翻译，其中介入文化比较的理性模式。

"Alter ipse amicus"，其意为一个朋友是另一个"我"。尽管我自己在德国度过的时日前后加起来也有八年之久，但在校阅本书的时候，依然从众多留学德国的前辈、同学身上了解到很多我所不知道的文化。诸多的这些"我"，使我更清楚地了解到我所留学的那个年代的德国。

拉丁文中还有一句话说："ad astra per aspera"。意思是经过艰辛，事业终成。从 2013 年征文开始，到今天已经快两年了。各位作者基本按时交稿，由于我的缘故耽误至今才将此书出版，由此给诸位带来的不便，敬请谅解。

最后，需要指出的是，此次征集的文章数颇多。在结集出版时，我们删除了几篇文章，一是文体不对。目前我们收录的文章都是以散文、随笔的形式记录 20 世纪 80 年代以后的留德学人在德国的学习和生活经历的，个别文章是以论文形式论述某一学术专业领域的，对此我们只能割爱。二是对某一地方、主题的重复性讲述。对此，我们只能选取可读性较强的一篇。此外，我们删除了一些过度宣扬个人宗教信仰的文章。

　　感谢社会科学文献出版社国际出版分社社长李延玲女士欣然同意出版此书，并以真诚合作的心态面对我的"苛刻"要求。

2015 年 3 月 19 日

于北京外国语大学全球史研究院

目　录

在波恩大学的美好时光

李长山[*]

德国是一个非常重视学术研究的国家，自 1972 年中国与联邦德国建交以来，两国间的教育交流十分频繁。

在 20 世纪 80 年代中国兴起的留学潮中，我有幸作为中国政府选派的留学生，赴德国波恩大学学习。我能够在德国学习多年，并先后获得波恩大学文科硕士学位和哲学博士学位，除了要感谢德国学术交流中心（DAAD）的资助外，还要感谢德国天主教会与外国学人和学术机构进行学术交流的机构——KAAD。KAAD 资助我进行学术交流并完成了学业。我与 KAAD 结下了不解之缘，受益终生。

1988 年 5 月，我开始在波恩大学政治学专业学习，我的老师雅考普森教授（Prof. Jacobsen）建议我向 KAAD 申请奖学金。

---

* 李长山，1951 年出生于哈尔滨市。黑龙江大学德语系教授，硕士生导师，从事德语教学和德国历史与文化研究。毕业于广东外国语学院（现广东外语外贸大学）德语专业，后攻读德国波恩大学政治学专业，获波恩大学文科硕士学位和哲学博士学位。曾在中共中央编译局研究德国历史与政治。翻译和编撰的著作和论文有《德国工人运动史》《民主社会主义》《德国社会民主党对共产党的态度》《德国对中国"文化大革命"的研究》《德国历史辞典》等，先后在国内外多次获得优秀论文奖。

1988 年年底的一天下午，我来到位于波恩市中心的 KAAD 总部，敲开基金会秘书长的房门。秘书长先生热情地接待了我，十分认真地听了我的介绍，还不时提出一些相关问题，并做了谈话纪要。他十分坦诚地对我说："李先生，您讲得很好！我请您参加一个学术讨论会，并做重点发言，发言时间为 15 分钟，请按这个题目准备，届时我通知您！"

"好的，谢谢您！"我接过秘书长先生递给我的发言题目，礼貌地向他告别，我似乎看到了获得奖学金的希望。

几天以后，KAAD 通知我参加了那个学术讨论会，我认真地准备了 15 分钟的发言，赢得了热烈的掌声，大会主席高度评价了我的发言。参会的许多外国同学都向我表示祝贺，并建议我申请 KAAD 的奖学金。

1989 年 3 月，我接到 KAAD 的通知，该基金会将给予我六个月的奖学金，资助我在德国进行学术研究。此后，我又获得 KAAD 三年攻读硕士学位和一年完成博士学位论文答辩的奖学金。

KAAD 的亚洲部主任汉克杰博士对我的学习和生活非常关心。1990 年年初，他为我妻子和女儿办理了赴德陪读的一切手续，使我们一家三口在德国波恩度过了一段难忘的幸福时光。当时汉克杰博士刚来 KAAD 工作不久，周末他和夫人修纬带着他们刚出生的儿子到我们在波恩莱茵河边（Rheinallee）的住所做客，两家一同做中国菜，畅谈中德文化的差异，探讨中德两国的政治走向、经济发展，以及我们各自的工作和学习情况。修纬同我都是中国改革开放后最先到德国学习的公派留学生，她学习音乐。主攻小提琴。她还为我们演奏一首美妙的乐曲，为我们的欢聚增添了艺术气息。我妻子也是学习外语出身的，与修纬年龄相仿，又都是江南女子，有许多共同的经历，在国外相遇，她们有说不完的家乡话……

回国后，我妻子时常提起修纬和汉克杰一家人，回忆我们在波恩—哥德斯堡的家里度过的时光。那里类似北京的三里屯，是德国的外交使馆区，居住着许多外国使节和新闻记者。中国驻德使馆、美国驻德使馆都离我们家不远。我们的左邻是中国大使馆教育处，右舍是巴基斯坦大使馆，对面是德国洪堡基金会。

从家出发，步行 5 分钟，穿过一块绿色大草坪，就到了莱茵河畔。春天和夏天，这里美极了。河对岸是高耸的龙岩和蜿蜒的小山，山上树木郁郁葱葱，有著名的国宾馆彼得斯堡，白色的德式建筑如同一块巨大的美玉，点缀在碧绿的山上，白绿相映，恰到好处。

莱茵河上，年轻人划着赛艇，奋力前行。挂着欧洲不同国家国旗的各种游轮，到处可见。船甲板上的游客们喝着啤酒和饮料，谈笑风生，其乐融融。

近处，年轻的夫妇带着孩子在草坪上玩耍，一群来自意大利和南斯拉夫的男人们玩着一种地滚球的游戏。不远处，德国的小伙子们在草坪上支起简易的足球大门，正进行着激烈的足球赛。老人们则在河边悠闲地散步。长椅上坐着相拥亲吻的青年情侣。他们身边，不时有一队队家庭自行车队经过。

我们一家三口几乎每天都到莱茵河边散步，有时骑自行车去远处的雷马根大桥。第二次世界大战时，盟军同德军曾在这座大桥上展开过激烈的争夺战。第二次世界大战后有人将这一激战故事拍成电影——《雷马根大桥》。而现在这里一片祥和恬静，往日激战的硝烟早已荡然无存。

女儿雨欣到波恩的第二天我就为她联系好贝多芬小学。上学的第一天，校长赫门斯先生和班主任伊尔古特女士分别接待了我们。

雨欣落落大方，像个成熟的小大人，同校长握手，还用德语说："Guten Tag!"（您好）尽管她刚刚学习德语，可讲得标准动听。

校长、班主任和其他老师都很喜欢雨欣。他们详细地介绍了贝多芬小学的情况、学校的日程安排及注意事项。他们的友好热情令我们一家人十分感动。

德国政府特别重视小学教育。贝多芬小学校舍不太大，但建造精美，设施齐全。学生入学不收学费，课间还免费供应牛奶，书本也全由学校免费发放。

我们注意到：雨欣拿到的课本是已经毕业的老同学留下的，书本保存完好，干净整齐，这一点很值得我们学习。德国这么富有的国家，仍非常注意节约，小学课本绝大多数反复使用。学校还提倡白纸也要两面使用，教育孩子们从小就节约用水、用电，不随地扔垃圾，保护环境。

雨欣刚到德国，只会用德语说"您好"和十个数字，其余一概不通。有语言学家的研究资料显示：小孩学外语的最佳年龄段是 9~11 岁，这一点在雨欣身上得到了验证。第一周上课时，面对用德语讲课的老师，她就像个小木头人似的，呆坐在教室里，一句也听不懂。仅仅过去三周，她就开始对德国师生的谈话有反应了。一个月以后，她就能用德语同德国师生进行简单的交流。三个月以后，她就融入了班级正常的学习生活。到期末考试时，她的德语已经及格。而数学成绩在班级名列榜首，德国小同学纷纷向她请教数学难题。这大大提高了她学习的积极性。

德国小学是四年制，孩子们在玩中学习，充分发挥他们的天性和想象力，老师像个大朋友，遇事同孩子们商量，非常民主。我曾听过课，老师讲长度和高度时，会问孩子们奔驰汽车的长、宽、高，以及家里的房门有多高等实用问题，启发孩子们多思考，特别鼓励有创意的想法。我当时感慨万千，德国能为人类发展培养出那么多伟大的哲学家、科学家、艺术家，"德国制造"享誉全球，这不能不归功于他们科学的教育体系。

在波恩的学习生活给我留下了一段美好独特的记忆，并影响着我后半生的人生旅途……

波恩大学的主楼坐落在波恩市中心，距火车总站和市政厅很近。这是一座带有塔式钟楼的古色古香的金黄色宏伟建筑。楼前的皇家花园广场与大楼形成完整的一体。广场上经常举行各种庆典活动。因此，波恩大学不仅是波恩市的一道亮丽风景线，而且是波恩市的标志。到波恩来的游客，一定会到此一睹它的迷人风采，领略它的无穷魅力。

波恩大学的许多专业在全德高校中都名列前茅，特别是数学、生物学、哲学、历史学、政治学、汉学等专业，在德国甚至世界同类大学中均享有盛誉。许多教授都是世界同行中的知名学者。

汉学专业的顾彬教授（Prof. Kubin）是德国著名的汉学家、翻译家、诗人。他编撰的《中国诗歌史》和《二十世纪中国文学史》，以及《〈红楼梦〉研究》和《鲁迅选集》等译著，在德国乃至世界都颇具影响。由于他对中国文学史研究的卓越贡献，2007年8月，他荣获中国政府颁发的"中华图书特殊贡献奖"，获此殊荣的只有三位德国人。

1989年年初，我到波恩大学东方语言系中文专业求职，打算兼职授课。顾彬教授热情地接待了我，由于我的普通话还算标准，大学本科学的是德语专业，并在国内中央编译局从事中德文字翻译多年，顾彬教授最终在众多的竞争者中聘用了我，并向我交代了授课科目："李，您就讲授汉语语音学吧！"他交给我一本教科书，至于要我如何上课，他却只字未提，他只鼓励我说："您要充分发挥个人能力去讲课。"这也是德国大学使用教师的特点：学校对任课教师并没有条条框框的规定，全凭教师自由发挥，以展示教师个人特色和才智，使学生从各具特长的教师身上汲取丰富的知识营养，并学会创造性思维。

刚开始授课时，我每周只讲两节汉语语音课。我站在大学主教学楼三层的一间大教室的讲台上，面对30多位金发碧眼的德国学生和不同肤色、不同国家的外国留学生，从汉语拼音讲起，教他们汉语四声的准确发音，解释"妈、麻、马、骂"的不同音调与不同词义。

德国大学的电化教学程度很高，各种录音、投影设备先进而齐全。我坐在语音室的操纵台前，如同电视台演播室里的总导演，耳上戴着监听器，嘴角有麦克风，操纵各种按钮开关，讲授课文内容，监听并纠正单个或一组学生的发音。我还运用影像资料，辅助学生们掌握标准的汉语发音。

课间休息时，我还向学生们介绍广东话、上海话、东北话、天津话、北京话的不同发音，给他们讲汉语歇后语，并朗诵"床前明月光，疑是地上霜。举头望明月，低头思故乡"之类的古诗。学生们听得津津有味，我也觉得轻松愉快。

我讲授的内容也从最初的语音扩展到阅读分析。随着课时与讲授内容的增加，我的担子也越来越重。作为兼职教师，我常常刚听完自己的政治学或社会学专业课之后，就赶到中文专业去讲课。为了讲好每一节课，我使足了浑身的力气，有时连午饭都顾不得吃，上午刚上完我的学习课程，就坐在广场的长椅上准备我下午所要讲的课。虽然很苦很累，但是每当走进教室，站在讲台前，面对那一张张如饥似渴的年轻人的脸，我立刻就会精神抖擞，侃侃而谈。每当我讲到"刻舟求剑""塞翁失马""滥竽充数"等成语典故时，学生们都会大为赞叹。这不仅是对我授课的肯定，更是对汉语文化内涵与知识性、趣味性的赞叹。同时，我也认识到自己教学工作的神圣性，因为我在传播博大精深的中华文化，我为此感到无比骄傲与自豪。

当然，在用德语讲授汉语的过程中，我也被德语的魅力和德国文化所深深吸引。可以说，日耳曼文化和中华文化都是我所深爱的，我累并快乐着。

由于我既是老师又是学生的特殊身份，我与学生既是师生关系，也是同学关系，我们相处得非常融洽，同学们举办各种活动，都拉上我，让我分享他们的快乐。

在中文专业教学的三年中，我结交了许多"学生朋友"。其中一位叫卡门，是一个聪明美丽的德国姑娘，身高 1.70 米，一头金色的披肩长发，深深的大眼睛，有着活泼而又友善的目光。她对中国语言和中国文化的热爱和学习的刻苦，给我留下很深的印象。课余时间，她常常找我请教中文问题，我也经常同她讨论中德文化的差异。她热爱中国，喜欢中文，打算毕业后到中国工作，她对中国西藏特别向往，说是一定要到拉萨去旅游观光。

在学习上，我对卡门的要求很严格，有很长一段时间，我定期纠正她的汉语发音，提高她的中文表达能力。她进步很快，20 世纪 90 年代初，她曾代表波恩大学参加了中国中央电视台举办的外国大学生汉语演讲大赛。当时我正在北京家中度假，从电视里看到卡门流利的汉语演讲和不俗的表现，为她感到无比高兴。最后，卡门以优异的成绩征服了评委和广大观众，在大赛中获了奖。

另一位学生叫斯蒂凡，是一位聪明机灵的德国小伙儿。他兴趣广泛，但学习不是很刻苦。他家境很好，父亲是一家德国机械公司的经理。他家住在波恩附近的富人区，有豪华的别墅。每到周末，斯蒂凡常常开着他父亲的奔驰 600 轿车接我出去玩。一到周末，他就恳求我为他和他的漂亮女朋友做中国菜。

　　有一次，他的女朋友吃了我做的菜，觉得过意不去，有点不好意思，突然问我："您是否需要一辆自行车？我家花园里有一辆别人扔在那儿的自行车，我不用，便宜点，50 马克卖给您。"

　　我对德国人的诚实坦率感到好笑，但也认为他们的友善务实十分可爱。我们中国人肯定不会这么说，更不会这么做，也许这就是文化差异吧。

　　在波恩大学讲授中文和学习的岁月，使我领略了不同的文化，从中学习到许多新的知识，体会到文化间的差异，丰富了我的人生阅历。

　　此外，KAAD 组织的各种学术活动，也开阔了我的视野，使我对宗教文化产生了兴趣。我开始认真研读《圣经》以及关于基督教、天主教的文献资料，用自己的眼睛与头脑去看待和分析西方宗教在人类进步和社会发展中所起到的作用。印象深刻的是，当时的德国总理科尔和许多部长们也都作为普通教徒出席宗教活动，他们乖乖地听主教讲演："政治家们，当你们做决定时，你们要怀着仁爱之心，帮助世界上穷苦民众，上帝会感谢你们！"我和同学们私下议论：这是主教在给政治家们上政治思想课。

　　KAAD 举办的活动让我们这些来自不同国家的奖学金获得者相聚一堂，讨论世界热点问题，交流意见，并介绍不同国家和民族的文化。每一次交流都使我获益匪浅，使我对社会与人生有了更深刻的认识。每当我回忆起在德国度过的美好时光，脑海里总会浮现出在德国结识的老师和同学们，我们所经历的点点滴滴依然那么清晰鲜活。

　　波恩的远山近水、鸟语花香、悠扬的教堂钟声唤起我对 KAAD 的感恩之情，KAAD 的那些善良高尚的人们，令我敬仰怀念，永永远远……

中德文化之间

——我的留德岁月与汉克杰博士

陈泽环[*]

岁月如梭、光阴似箭，不知不觉，我快 60 岁了。一甲子的生命，就这么过去了，有时想起来，不禁感慨万千。近日收到北京外国语大学李雪涛教授的来信，说 KAAD 的汉克杰博士同样即将迎来 60 华诞，希望 KAAD 的国内奖学金获得者讲述一下自己留学德国的经历，以资纪念。作为一个"同龄人"，这就更引起了我对自己留德岁月及与汉克杰博士交往的回忆。在自己求学和从事学术研究的过程中，赴德留学可以说是一个关键性的环节，是我人生记忆中最深刻和最美好的岁月。如果没有这段经历，我的工作和生活状况肯定不会如现在这般。尽管由于先天与后天种种条件的限制，特别是由于自己

——————————

* 陈泽环，男，1954 年生于浙江宁波，1971 年于上海市第二中学毕业后进入上海重型机器厂工作。1979 年考入复旦大学哲学系，1986 年获哲学硕士学位。1986～2003 年在上海社会科学院哲学研究所工作。1989～1991 年、1995～1996 年、2000 年、2002 年、2005 年先后在德国的柏林洪堡大学、卡尔斯鲁厄技术大学、汉诺威哲学研究所、慕尼黑大学、卡尔斯鲁厄师范学院访学。现任上海师范大学哲学学院教授、博士生导师、外国哲学博士点负责人。主要从事伦理学研究。自 1983 年至今，先后出版《敬畏生命——阿尔贝特·施韦泽的哲学和伦理思想研究》等专著 7 部；《文化哲学》等译著 10 部；发表《道德生活中的传统话语——弘扬中华优秀传统文化的思考》等论文 150 余篇。

的努力不够或虽努力但不得要领，没有取得什么"炫目"的成就，但留德岁月的教益和汉克杰博士的帮助是不能忘记的。鉴于此，谨做此文，并借此向汉克杰博士表达最美好的祝愿。

一 难忘而意义深远的留德岁月

在 1989 年 10 月至 2005 年 7 月的近 20 年间，即在我 35～51 岁的日子里，我曾先后五次前往德国访学，在德国生活的近三年时光，给我留下了难忘的记忆，并对自己的哲学—伦理学专业教学和研究工作产生了深刻的影响。回想起来，我第一次前往德国，是由中国国家教委（现在称教育部）派遣的，在柏林洪堡大学（Humboldt-Universität zu Berlin）哲学系进修，时间为 1989 年 10 月至 1991 年 1 月；第二次访学时间为 1995 年 9 月至 1996 年 11 月，地点为卡尔斯鲁厄技术大学（Universität Karlsruhe（TH））哲学研究所，是经汉克杰博士沟通和帮助，并由 KAAD 资助的；第三次是在 2000 年 6～9 月，我由 DAAD 资助，受邀到彼得·科斯洛夫斯基（Prof. Dr. Peter Koslowski）教授创办的汉诺威哲学研究所（Forschungsinstitut für Philosophie Hannover）任客座教授，研究当代德国经济伦理学；2002 年 7～9 月，我再次受 KAAD 资助到德国访学，此次地点为慕尼黑大学（Universität München）哲学系，在卡尔·霍曼教授（Prof. Dr. Karl Homann）那里继续研究当代德国经济伦理学；我最后一次赴德访学，是为研究阿尔贝特·施韦泽（Albert Schweitzer, 1875—1965）的敬畏生命伦理学进一步收集资料，时间为 2005 年 9～10 月，由 DAAD 资助，地点为卡尔斯鲁厄师范学院（Pädagogische Hochschule Karlsruhe）。

我在德国访学的时间，虽然比不上那些曾经在德国居住过十年左右的留学生，但毕竟也不算很短。另外，尽管在第一次前往德国时，已经 35 岁，但对于走出长期封闭状态不久的我来说，所经历的一切还是很新鲜的，无论是当时的东欧诸国，还是联邦德国和法国等，都刺激了自己的思考，给我留下了深刻的印象。当然，与日常生活的接触和走马观花的游览相比，更重要的是我有机会实地参观诸如路德、巴赫、莱布尼茨、歌德、席勒、洪堡、贝多芬、马克思、爱因斯坦、施韦泽等伟人的故居或纪念地，充分体会到德国文化的博大精深，特别是有条件翻阅并研读了大量的德语文献，使自己能够找到学术研究的独特路径。一般来说，在知识和文化的习得上，我也属于被"耽误"的一代。1966 年，在读了近五年小学之后，"文化大革命"开始，从此我丧失了系统学习知识和文化的机会；当1979 年考入复旦大学哲学系读书时，我已经 25 岁。通常来说，在这样的基础上开始学习，学术之路走不了多远；但无论如何，20 多年来，我为中国引进德国文化尽了绵薄之力。究其原因，其中之一就是我有到德国访学的经历，其中特别重要的是 1995 年由 KAAD 资助的访学，这使我有机会比较系统和全面地了解现代德国哲学——伦理学的发展成果。近三年的留德经历，对于我的学术生命以至整个生命来说，是难忘和意义深远的。

为此，在年近花甲回顾往事的时候，我要感谢所有在我留德过程中提供帮助的中国和德国的政府、组织和个人，特别是曾经热忱和细致地关心并帮助我的汉克杰博士。我与汉克杰博士的相识始于 1993 年。当时，我在上海社会科学院哲学研究所工作。汉克杰博士到我院访问，我有幸接待了他，并谈起了 KAAD 资助中国学者赴德学习的可能。之后的 1995 年，KAAD 同意资助我以"当代德国经济伦理学"为课题赴德进修一年。在办理相关手续的过程中，以及在 2002 年我再次得到资助和 2006 年受邀参加美因兹会议时，我深感汉克杰博士对中国学生和学者的友善。此外，我还了解到汉克杰博士是一个非常热爱中国文化的学者，对中国古典美学思想有比较系统和深入的研究。国家与国家之间的关系，文化与文化之间的沟通，不仅是上层大人物的事情，也不仅是日常百姓的商务和生活联系，其中十分重要的一环是学者之间的交流，而这又特别凝结了学术交流组织者的心血。在此意义上，汉克杰博士是一位很好的中德文化交流的组织者，为增进两国学生和学者之间的友谊和了解做出了重要贡献，值得高度评价。我崇敬的德国文化伟人施韦泽始终强调"感恩"的重要性，确实应该如此。虽然，与二三十年前相比，自己现在各方面的处境好多了，但不能忘记，在刚刚走出封闭且尚未完全告别贫困的时候，我曾经受到以汉克杰博士为代表的德国人民的帮助，这是应该永远铭记在心的。

二 在柏林经历德国重新统一

1989 年 10 月，作为中国国家教委（现为教育部）选派的进修生，我赴民主德国的柏林洪堡大学哲学系从事关于德国伦理学的研究。这是我第一次出国，和许多初次出国的留学生一样，我对那里的一切都充满了新鲜感。利用居住在柏林的便利条件，我马不停蹄地参观德国各地的文化设施，如柏林的"佩加蒙"博物馆（Pergamonmuseum）、波茨坦郊区的爱因斯坦夏季住宅、维腾贝格的路德教堂、魏玛的歌德和席勒的故居、莱比锡的巴赫协会、爱森那赫的瓦特堡（Wartburg）和路德、巴赫故居等，实地感受德意志民族的优秀文化。特别是柏林的德国国家图书馆，就像一个德语书籍的海洋，吸引我这个在上海看不到几本德文书的进修生整天"贪婪"地浸泡其中。当时，虽然"柏林墙"倒塌，但原有体制还在运作，我利用这个机会到苏联的莫斯科和列宁格勒（现为彼得格勒）、捷克斯洛伐克的布拉格、匈牙利的布达佩斯、波兰的华沙等地参观游览，获得了对前苏东地区"社会主义阵营"各国的一些直观认识和体验。从当时的感受来看，我觉得不管怎样，前苏东各国毕竟是工业国家，而中国当时仍然是个农业国家，经济上还需更好更快地发展。

由于我国驻民主德国大使馆教育处的精心安排和洪堡大学哲学系乌尔苏拉·维尔克博士（Dr. Ursula Wilke）的热情接待，我在柏林度过的时光不仅丰富多彩，而且对回国后的德国文化研究也大有裨益。当然，从收集专业资料的角度来看，由于当时当地文化政策的封闭性，我所看到的主要是关于19世纪中期以前的德国文化资料，其意义主要体现为对德国古典文化背景的了解，特别是"发现"了阿尔贝特·施韦泽这位现代德国文化和道德史中的伟大人物，而不是对现代西方人文社会科学知识的掌握。因此，对于我后来的包括当代德国经济伦理学的现代西方哲学—伦理学研究来说，由 KAAD 资助的 1995～1996 年的德国访学的意义更大。此外，就第一次赴德访学给自己留下的印象而言，最深的还是直接经历了德国的重新统一。当时的情景历历在目：在柏林街上亲眼看到民主德国公民排起长队办理出境手续，我和他们一起多次走过市中心弗里德里希大街柏林墙的过境通道；我还参加了洪堡大学哲学系教师们关于"转折"讨论的教研室会议，通过电视和报纸关注德国政局的急剧变化。特别令人难忘的是：1990 年 10 月 3 日深夜，我来到勃兰登堡门——柏林的象征附近，观察德国人是以何种方式庆祝自己国家重新统一的。那天深夜虽然十分寒冷，但受到德国人庆祝国家统一欢乐情形的感染，我也感到热乎起来。

关于德国的这次统一，从正式的表述来看，不同于我们通常所说的"两德统一"，德国人对 1990 年的统一有一个专用名词"Wiedervereinigung"，意指"重新统一"或"再次统一"，而不是简单的统一。按照德国人的理解，这次统一是德国自 1871 年统一以来的再一次统一。当时，我只是跟着念了这个单词，并没有多想这个"重新统一"的含义。现在才认识到，不简单地讲"统一"，而是强调"重新统一""再次统一"，不正是更好地说明了德意志民族心中始终有一个统一的祖国吗？不正是更好地说明了德意志民族希望在现实中尽快地实现统一的强烈愿望吗？十年之后，我又来到被称为欧洲最大建筑工地的柏林，看到拔地而起的新建筑、整修一新的老建筑，还有许许多多正在建设中的工程，看望了在柏林郊区修建了新居的维尔克博士夫妇，再次游览德国东部地区的一些城市，不由感叹：这不正是实现了"重新统一"的德国在不断地实现整个国家和社会融合的象征吗？当然，在我注视和反思德国"重新统一"的过程中，更强烈的感受是，我盼望两岸统一的愿望也更加迫切。几千年来，中国就是一个统一的国家；虽然时有地区政权的分立，但任何有抱负、有力量的政权都把"重新统一"中国视作自己的使命。近代以来，中国处于衰落和分裂状态；进入21世纪之后，中华文明复兴和中国"重新统一"的曙光已经展现，我们也应该像德国人民那样努力。

三 当代德国经济伦理学与汉诺威世博会

1995年，在汉克杰博士的沟通和帮助下，我应德国卡尔斯鲁厄技术大学哲学研究所的汉斯·伦克教授（Prof. Dr. Hans Lenk）和卡尔斯鲁厄师范学院的克劳斯·京茨勒教授（Prof. Dr. Claus Guenzler）的邀请，来到地处黑森林北端的卡尔斯鲁厄从事关于当代德国经济伦理学的研究。在中国确立了建立和完善社会主义市场经济体制改革目标的背景下，为了了解和借鉴德意志联邦共和国发展社会市场经济的经验，我收集了许多关于当代德国经济伦理学的资料，对这一问题进行了初步的思考。这是我第一次到联邦德国的西部地区访学，具有不同于在其东部地区居住的新意义。当时，我已经超过40岁，但还像20岁左右的青年学生一样，甚至比他们还勤奋地学习。

当然，在紧张的学术研究之余，我也没有放弃自己的旅游爱好。利用德国铁路"美好周末"票的便利，我经常到德国各地去旅游观光，也经常骑自行车附近的黑森林里呼吸新鲜空气，并留下了漫步沉思的足迹。此外，2000 年 6 月，我由 DAAD 资助，受彼得·科斯洛夫斯基教授的邀请，到德国汉诺威哲学研究所任客座教授，从事关于当代德国经济伦理学的研究。此次留德三个月间，我受到了科斯洛夫斯基教授及其秘书安娜·玛利亚·豪克（Anna Maria Hauk）的热情接待，难以忘怀。就自己关于当代德国经济伦理学以及相关的伦理学基本理论的研究成果而言，回国之后，我出版和发表了一系列相关的论著和译著，包括相关论文 80 余篇、专著 3 部、译著 3 部。

在这些成果中，除了翻译奥托·席林的著作《天主教经济伦理学》① 和恩德勒等主编的《经济伦理学大词典》② 之外，可称为代表作的有两部专著：《个人自由和社会义务——当代德国经济伦理学研究》③ 和《道德结构与伦理学——当代实践哲学的思考》④。《个人自由和社会义务——当代德国经济伦理学研究》一书约 32 万字，基于我 1995 ~ 2004 年在德国和中国近十年的艰苦研究，完全采用第一手的德语最新文献，

---

① 奥托·席林：《天主教经济伦理学》，顾仁明译，陈泽环校，中国人民大学出版社，2003。
② 恩德勒等主编《经济伦理学大词典》，李兆雄、陈泽环译，上海人民出版社，2001。
③ 陈泽环：《个人自由和社会义务——当代德国经济伦理学研究》，上海辞书出版社，2004。
④ 陈泽环：《道德结构与伦理学——当代实践哲学的思考》，上海人民出版社，2009。

比较系统地引进了当代德国经济伦理学。《道德结构与伦理学——当代实践哲学的思考》一书约 28 万字，其旨趣在于就当代中国社会如何合理地组织道德生活，以及相应地发展何种类型伦理学的问题，提出一种建设性的构想：对于社会道德状况的考察，必须围绕权利和义务这一核心关系，区分社会制度伦理和个人德性伦理两个重大维度。加强当代社会的道德建设，应该进一步保障全体公民的权利，同时强化公民个人的义务意识。为此，社会的道德建设就不能够被简单地归结为个人道德觉悟的层次提升，而主要是一个异质性的结构协调，即底线伦理、共同信念和终极关怀的三维异质要素的积极互动问题。对于这一基本观点，此书从道德结构、伦理学类型、应用伦理和人生哲学等方面进行了系统的阐发。

此外，除了专业学习和一般游览之外，这一时期比较难忘的是参加了由汉诺威哲学研究所主办的关于汉诺威世界博览会主题——人·自然·技术——的国际研讨会，以及利用这次居住在汉诺威的机会，多次参观了 2000 年汉诺威世博会。世博会不仅展现了世界各个国家、各个民族不同的文化和风俗，而且体现了各国的综合国力。正像现实生活中有发达国家和发展中国家一样，在世博会上，这种区别也一目了然。如果说，发达国家通过高科技展现自己国家的风貌，那么，发展中国家主要是在卖土特产和手工艺品。因此，参观之余我深深地感到：市场经济和科学技术是现代社会的两大杠杆，哪个民族能充分驾驭它们，就富裕、强大；哪个民族不能驾驭它们，就贫穷、弱小,没有半点含糊!还有,作为一个在异国他乡的中国人,我最强烈的愿望还是参观中国馆,看看自己的国家在世博会中的形象。参观下来,我觉得中国馆能够反映当代中国的风貌:既有长征火箭和三峡大坝的模型,又有以中医和中餐为代表的传统文化精华。当看见许多德国人津津有味地在电脑上查看有关中国的信息时,我的心情很愉快。在得知上海正在申请主办2010 年世博会之后,我对汉诺威世博会中有关上海的信息就特别关注,并祝愿在今后的日子里,通过申办 2010 年世博会,上海的各方面变得更好!

四 敬畏生命伦理学在中国的反响

除了对当代德国经济伦理学的研究之外,五次赴德访学给我带来的最重要学术成果可以说是,在中国大陆地区首次比较系统和深入地引进和研究阿尔贝特·施韦泽的生平和思想。1990 年,我在柏林收集了大量关于施韦泽的资料;1991年年初回国之后,我利用这些资料,投入紧张的翻译介绍施韦泽的工作之中;1992 年,上海社会科学院出版社出版了我翻译的施韦泽论文集《敬畏生命》;1995 年,江西人民出版社出版了我和朱林撰写的《天才博士和非洲丛林——诺贝尔和平奖获得者阿尔贝特·施韦泽传》。爱因斯坦认为:在 20世纪的西方世界,施韦泽是唯一能与甘地相比的具有国际性道德影响的人物。施韦泽的独特之处在于,他既博学多才(音乐家、哲学家、基督教神学家和志愿医生),又道德高尚(作为欧洲人对非洲人的赎罪,从 1913 年起在非洲义务行医直至逝世）。特别是在 20 世纪初，施韦泽通过吸取中国传统文化中的积极因素，批判只重物质、轻视道德的近代西方文明，创立了以"保存和促进一切生命"为主旨的敬畏生命伦理学，成为当代生态伦理学的先驱。由于我的翻译和著述首次依据施韦泽的母语——德语——向我国读者介绍施韦泽，受到了广大读者的欢迎，这也使我深受鼓舞。尽管当今人们关注的主要是物质消费，但只要认真去做，我们人文学者的工作也会影响一些人，因而仍然是很有意义的。此外，我也由此认识到，广泛、深入地展开中外文化交流是多么重要。

因此，在第二次和第三次留德的一年多日子里，我与法兰克福的德国施韦泽中心、魏玛的施韦泽博物馆加强了联系，并去黑森林和法国阿尔萨斯考察了施韦泽工作和生活过的地方，进一步收集了有关施韦泽的文献资料，准备在今后的日子里向我国读者继续深入地介绍施韦泽的生平和思想。2006 年和 2008 年，我翻译的施韦泽的重要著作《对生命的敬畏》（上海人民出版社，2006 年版和 2007 年版）、《文化哲学》（上海人民出版社，2008 年版和 2013 年版）作为这两次访学的成果，先后在上海出版。2013 年，我撰写的 39 万字的专著《敬畏生命——阿尔贝特·施韦泽的哲学和伦理思想研究》（以下简称《敬畏生命》）由上海人民出版社出版。作为中国学术界第一部系统介绍和研究施韦泽生平和思想的著作，此书以我长达 20 余年的翻译和研究为基础，从伟大人格、文化哲学、伦理思想和中国研究四个方面，对这位国籍为法国、在文化上又属于德国，同时"大概是最能代表西方文化的知识和道德传统的最高成就的人"（弗洛姆语）进行了比较专业和深入的探讨。其人道主义行为获得广泛的国际赞誉，其文化哲学在20世纪西方哲学史中独树一帜，其敬畏生命伦理学成为当代生态伦理运动的重要思想资源，其关于中国思想的研究对于当代中华文化复兴具有深刻启示意义。总之，这些论著的出版，对于施韦泽的生平和思想在中国的传播来说，是一个新阶段；对于我30余年的学术生涯来说，也算是一个令人欣慰的小结。

进一步说，自我翻译的施韦泽论著出版以来，"敬畏生命"（Die Ehrfurcht vor dem Leben）这一其思想核心范畴的中文翻译，已经为读者们普遍接受。作为第一本直接从德语译成中文的施韦泽论著，《敬畏生命》一书对于澄清国内学者依据英文、俄文、日文等译本而使用的诸如"崇敬生命""崇拜生命""尊敬生命"等用法，并由此进一步理解和研究施韦泽的生平和思想，显然是有益和重要的。事实确实如此，自从《敬畏生命》出版后，这一范畴引起了许多读者的共鸣，并且成为许多作者自己的概念。不仅施韦泽"敬畏生命"的思想广为传播，而且许多人在发挥自己关于"敬畏生命"的观点和看法时，还在理解施韦泽本人的基础上，做了多方面的扩展。概括说来，这种共鸣和影响主要表现在三个方面：敬畏生命作为一种基本的道德信念不断深入人心；施韦泽的伟大人格对青少年的成长有良好的影响；一些研究者由此深入展开了中西生态伦理学的比较研究。关于第一点，可以说周国平的

《与世界建立精神关系》① 一文是一篇经典性文献；至于第二点，主要表现为有多种以大、中、小学生为阅读对象的励志读物都选取了施韦泽的论述；第三点，《敬畏生命》等中译本出版以来，受到了我国生态伦理学界的高度重视，施韦泽也被普遍认为是当代生态伦理学的先驱之一。20 世纪 90 年代之后，国内学者出版的几十种关于环境哲学和生态伦理学的著作，均大段引证了我对施韦泽的研究。

五　从德国文化到中国文化

2002 年 6 月和 2005 年 9 月，我分别由德国学术机构 KAAD 和 DAAD 资助，受卡尔·霍曼教授（Prof. Dr. Karl Homann）和克劳斯·京茨勒教授的邀请，到慕尼黑大学和卡尔斯鲁厄师范学院进行访问研究。此外，2006 年 7 月和 2008 年 7 月，我还分别参加了由美因兹大学和上海社会科学院主办的"社会冲突和社会资源之间的移民"（KAAD 资助），以及由斯图加特大学和大连理工大学主办的"技术伦理与经济伦理关系的跨文化比较"国际研讨会，并分别在会议上做了题为《中国"农民工"道德权利的反思》和《中德经济制度论证初探》的发言。在这两次访学中，我关注的主题除了当代德国经济伦理学和阿尔贝特·施韦泽的敬畏生命伦理学之外，对德国当代伦理学的基本理论，特别是当代德国应用伦理学的一般理论也予

---

① 周国平：《与世界建立精神关系》，载《朝圣的心路》，北京理工大学出版社，2010。

以较多的关注，收集了不少相关的资料。这种理论兴趣焦点的转移，除了知识积累的要求之外，也与我从上海社会科学院调到上海师范大学工作有关。应该说，通过这几次交流，我对德国伦理学界的情况有了进一步的认识，对自己在中德文化交流中应该做些什么，有了进一步的认识。这里，我有必要对自己的访学心态进行一些分析。1989年第一次出国，当时除了新奇之外，主要是带着和中国比较的眼光，特别是基于对"文化大革命"反思这样一个背景来看德国的。因此，到了德国，发现世界还有另外一个样子，当时是深有感触的。

由于那时的柏林洪堡大学属于民主德国，那里的体制和我国改革开放前的体制差不多，意识形态也类似，我在那里收集的德语文献主要是有关德国古典文化的资料，对现当代的哲学社会科学接触不多。在柏林一年多的生活，以及到当时的捷克斯洛伐克、匈牙利、苏联和波兰的旅游，对于体验"社会主义阵营"的实际生活，是有益的。1995年的第二次出国，则使我有可能直接地、大量地、及时地接触当代西方发达国家的哲学社会科学文献（这一点离不开 KAAD 和汉克杰博士的帮助）。经过一年多废寝忘食、心无旁骛的努力，我收集了大量有关当代德国经济伦理学及其基础理论的资料，并进行了仔细的阅读和消化，终于使自己初步了解当代德国哲学伦理学界的思维方式和价值观念。2000年之后的三次访学，使我对德国的观察视角有所转变。这种转变的主观原因在于，随着年龄的增长和知识的积累，以及对德国情况的初步熟悉，德国在自己的眼里也日渐清晰。在看到德国美好一面的同时，也想寻找些问题；在阅读德语专业文献时，也想与其他西方国家的文献，以及中国的文献做些比较，态度似乎没有先前那么虔诚。现在反思起来，这种心态上的微妙变化，除了主观原因之外，还有客观原因。随着改革开放成就的不断取得，中国的综合国力和文化自信心日益提高，我对于中国文化和西方文化的关系也有了新的认识，即由初期的惊讶、赞叹到现在的汲取、反思。当然，在看到德国的绿水青山、近乎艺术化的城镇和精致的文化设施时，我还是深感没有半个世纪的努力，我们中国恐怕是赶不上的。

但是，当我想对中德的哲学伦理学思想进行深入的比较研究时，思及中国哲学伦理思想的精华究竟是什么的问题，往往脑子一片空白。这固然与我过去接受的教育有关，也是自身学习和研究的缺陷所致。因此，我打算在继续了解、学习和研究德国哲学伦理学思想的同时，花更多的精力补上中国传统哲学伦理学思想的课，使中国传统文化的精华真正在自己的思想中扎下根来，并由此进一步展开中国与德国文化之间的交流和比较工作。我在《敬畏生命——阿尔贝特·施韦泽的哲学和伦理思想研究》中的思考，可以说是这一努力的初步成果。今后则打算以道德问题为中心，对中国近代伟大的启蒙思想家梁启超儒学观的演变做一研究。在此，我不禁想起20世纪初期德国著名汉学家理夏德·卫礼贤（Richard Wilhelm）沟通中德文化的伟大工作，想起施韦泽对中国文化和伦理的高度评价，"中国伦理是人类思想的一大功绩"；同时也想起还有许多像汉克杰博士那样默默地为中国和德国人民的友谊与交流而工作着的人。这一切都激励着我继续努力，像他们那样为中国和德国人民之间的友谊与交流添砖加瓦。抚今追昔，虽然自己也将进入"耳顺"之年（当然达不到这一境界），但我仍将把留德岁月作为整个生命中最宝贵的财富，发扬中国古代知识分子"志于道"的优秀传统，"仁以为己任"，通过哲学—伦理学的专业研究和教学工作，为中华民族生命乃至人类生命的伟大长久而努力。

我们家与 KAAD

宗晓兰*

一

我们家与 KAAD 结缘，是从 20 世纪 90 年代开始的。首先介绍一下我们家庭成员当时的情况：我爱人卢亚锋，陕西师范大学物理系青年骨干教师，教研室副主任；我，西安市园林技工学校普通政治课教师；我们的孩子卢贝克，两岁。到 1995 年，我们一家三口在陕西师范大学九号宿舍楼的一间 18 平方米的宿舍已经居住两年多。这种宿舍楼简称筒子楼，专门提供给年轻教师居住。每间宿舍都住着一家人，每层楼道里有一间公共水房和公用厕所，每家门口都搭着自家的灶台。每逢吃饭时间，只要从楼道走过，每家做什么饭都会一目了然。如果人

---

* 宗晓兰，1967 年 10 月出生，陕西省三原县人。1990 年毕业于西安师范学院（大专）政治教育专业。1990 年 7 月至 1997 年 12 月任教于西安园林技工学校，教授伦理学课程。1997～2004 年先后在德国波恩大学与哈雷大学社会学研究所学习社会学，2004 年 7 月在哈雷大学获得社会学硕士学位。2004 年 7 月在西北有色金属研究院钛合金研究所任科研秘书。2005 年 9 月以来在陕西师范大学政治经济学院社会学系担任讲师，从事社会学教学工作。2010 年 9 月起在中国人民大学哲学院学习，攻读哲学博士学位，宗教学专业，研究方向是西方基督教思想研究，博士学位论文题目是《卡尔·拉纳的教会职务思想研究》。

们熟悉20世纪90年代初风靡全国的电视剧《编辑部的故事》，就不会对我们的居住环境感到陌生。这也是当年很多高校青年教师真实生活的写照。

1995年夏天，我们从当时西安教区李笃安主教那里得知，德国有个天主教会的基金会——KAAD，专门资助第三世界国家的年轻知识分子到德国深造。我爱人听到这个消息之后，非常兴奋，因为出国深造是他很久以来的梦想。同年10月，我们见到了KAAD亚洲部主任汉克杰博士。当时，汉克杰博士拜访我们教区的李主教，李主教在西安主教府接待室接待了他，在场的还有西安其他高校的几个年轻教师，李主教把汉克杰博士和在场的人做了介绍。我们第一次见到汉克杰博士，就感到他有些亲切，因为他不像一般想象中的外国人那样高大魁梧，需仰视才行。他大概不到一米八，头发虽不那么乌黑，但直直的倒挺像中国人；给人印象最深刻的是他的眼睛，不仅炯炯有神，而且非常友善。他讲一口流利的中文，和我们交流起来没有什么障碍。汉克杰博士介绍了KAAD的基本情况及申请程序，希望李主教推荐更多年轻人出国留学深造。李主教向来重视人才，对此非常赞同，他还诚恳表达了他的一个期望，即将来如果有机会，在西安建立一所天主教大学，使更多的教内外青年有机会接受正规的高等教育，而这些未来的留学生们，将成为该大学的主力军。虽然李主教所希望的大学没有建立起来，但是这些留学生们却在自己的岗位上做出了突出的贡献。这是后话。

二

得此消息之后，卢亚锋就积极准备申请所需的材料，同时开始学习德语。在汉克杰博士的鼎力协助之下，经过了一系列审核程序，一年之后，他获得 KAAD 的奖学金，在科隆大学物理系攻读物理学博士学位。1996 年 10 月，卢亚锋同其他两位来自西安的获得奖学金的学生乘坐同一架飞机，来到梦寐以求的德国，开始了其留学生涯。

按照 KAAD 的惯例，凡新来的获得奖学金的学生都可在波恩十字山（十字山）语言班进行为期半年的语言培训。在他学习语言期间，我在国内继续上班，贝克继续上幼儿园。他经常写信给我们，告诉我们他在德国的情况。记得他在信中曾详细描述，波恩的十字山是何等的幽静，空气是何等的新鲜，德国人是何等的绅士风度；也告诉我们语言班课堂上老师的教学是如何的灵活，课堂氛围是如何的轻松，讨论的问题是如何的有趣。他特别给我们描述了那里的小教堂，教堂内的布置是何等的精致、温馨，是他平生见过的印象最为深刻的小教堂。他们每天同印度的修女们在小教堂一起祈祷、赞美。在山上学习语言期间，除了与他同时来自中国的 KAAD 的奖学金生之外，还有比他早来的或晚来的中国学生，大概有八九位，而且这些人在国内的背景都相差无几，基本上是国内高校的青年教师，当然，说年轻也不算年轻了，当时大概都已经 30 岁。可以想象，这样一帮人在一起生活、学习的情境，似乎又回到了当年上大学的时光。在美丽的十字山上，这帮年轻人除了上课以外，为了排解寂寞，大部分业余时间就是在一起聊天，涉及的话题大到国家的政治问题，比如两岸的统一，小到自家的老婆孩子，家常琐事。一帮人在一起几乎无话不说，经常在某一间宿舍里，谈到很晚还不尽兴，有时为了一个问题甚至争得面红耳赤，如同吵架一样，致使隔壁的东欧班或南美班同学敲门提出抗议，"Chinesen！（中国人！）""Chinesen！（中国人！）"当遇到这种情形时，他们才稍作收敛。

中国的"饮食文化"在这美丽的山上也得到了弘扬。这帮中国学生大部分来自中国的北方，面食是传统的食品，在尝尽了西餐的美味之后，有时也来点中餐调剂一下。当然这帮人都是拖家带口的，不可能同现在的留学生一样，动辄就进餐厅入饭馆。卢亚锋曾跟我们说，他们曾有一次用自带的小电饭锅偷偷煮面条，当时有一位老兄，可能因长时间没有吃到过家乡饭，面条煮好后，盛了满满一盘，调上盐醋及自带的辣椒，然后独自把调好的面条端到一旁，挽起袖口，对着面条眼睛发直，根本忘记了自己的准博士身份，如同一个刚从田地里回家的农夫，肚子已经饿得发慌，顾不上任何斯文，也不管面条是否太热，就呼噜呼噜地往嘴里送，嘴里还不停地说："真过瘾！"不巧这一幕被欧洲班同学撞见了，起初是瞪大眼睛，看着眼前这位老兄满脸通红、额头发亮、咂咂作响、如狼似虎、对食物十二分满足的情形，实在忍耐不住，笑得前仰后合……当然，这帮青年知识分子还是比较注重场合的。有一次，他们到汉克杰博士家中做客，其中一名代表手捧鲜花，个个西装革履，彬彬有礼，虽然同样享用汉克杰博士夫人高超的厨艺，地道的中餐，那种"过瘾"的场面却绝不可能再现，取而代之的是左叉右刀的西式文明，个个都是地地道道的"土绅士"。

在德国的第一站——十字山的经历，给这帮已经不太年轻的学子们留下了深刻美好的印象，他们彼此之间结下了深厚的友谊，这也使他们日后在德国的学习生活中彼此鼓励、相互扶持。在 KAAD 每年举办的年会上，他们都能碰到一起，交流彼此生活的酸甜苦辣，一起回忆十字山上的日日夜夜。

三

语言学习结束之后，我爱人就在科隆大学物理系注册，开始正式攻读他的博士学位，其他同学也都在各自的大学注册，有的在慕尼黑，有的在蒂宾根，有的在德累斯顿，有的在不莱梅，等等，分散在德国的各个地方。在到德国一年之后，我和儿子因 KAAD "家庭团聚"（Familienzusammenführung）项目的资助得以来到德国。KAAD 不仅在学业上给予留学生支持与鼓励，在生活上同样给予关怀与资助，甚至连家庭成员之间的情感都考虑到了，的确令人叹服。中国人常说，天上不会掉馅饼。但是，对我和孩子来说，能够来到德国，确实是天上掉下的馅饼！因着 KAAD 的慷慨资助，我们全家才能够在德国团聚，并开始在德国共同难忘的学习和生活经历。

1997 年到德国时，我已经 30 岁，儿子贝克 4 岁。我们住在科隆附近的一个学生村里（Studentendorf – Huerth – Efferen），距离科隆大学坐地铁不到 20 分钟，卢亚锋几乎每天去实验室，早出晚归，贝克在附近上了幼儿园。进幼儿园之前，我们还比较担心贝克能否适应，因为他当时一句德语都不会说。事实证明，我们的担心是多余的，德国幼儿园不仅玩具很多，老师耐心并充满爱心，注重孩子的动手能力。他在那里比在家里还开心，没过多长时间就融入了幼儿园生活。我也开始了在科隆大学语言班的学习，有时候幼儿园放假或放学早，我就带着贝克一起去语言班听课。一年之后，我通过了科隆大学的语言入学考试（当时的 PNdS）。1998 年我在波恩大学注册社会学专业，从此奔波于科隆与波恩之间。

在科隆生活期间，我们一直参加一个华人教会团体，即莱茵区华人教会，至少每个月在圣·奥古斯丁修院聚会一次，参与一次中文弥撒。也是在这个团体内，我们结识了在日后生活中非常重要的好朋友，至今保持联系。除在德国的几位中国朋友之外，其余的都是国内神职人员。我们经常在一起探讨信仰问题，相互扶持，这对我们灵性生命的提升帮助很大。特别是每次聚会结束之后还不尽兴，还要吃个"小面"。这个"小面"是有来历的：修院为修生专门准备了一个自助厨房，锅碗瓢盆炉灶应有尽有，这里几乎成了中国人的阵地。这里要介绍两个比较重要的人物：一位是非常活跃的朴神父，中国台湾高山族人，其性格豪爽，多才多艺，能弹能唱，虽身为神父，但从不忌酒，喜欢与陕西来的神父们打成一片；另一位是陕西的贾祐民，大家都叫他 Stephan，他当时虽不是神父，但在国内大学毕业之后，在社会上工作过几年，成熟稳重，性格温和，说话慢条斯理，关心别人，善解人意，好抽烟。每次聚会结束之后，Stephan 都会邀请我们一起到小厨房去做家乡饭。

有一次，Stephan 因为有其他事情，可能忘记了，朴神父就侧面提醒他："Stephan，今天不来点小面吗？"自此以后，"小面"就成了我们继续小型聚会的"代名词"。每次"小面"时大家一起动手，摘菜的、和面的、切肉的……有说有笑，好不热闹。印象最深的是饭做好后，大家在饭桌上所讨论的话题，经常离不开教会，离不开神学。跟这帮专业人士讨论教会问题，我们显得有些相形见绌，不过也受益匪浅，激发了我们对神学的兴趣。这也许是我后来转向神学学习的一个原因吧。与这帮神学专业人士的友谊，正如卢亚锋所言，是在厨房里熏出来的。

2001 年 7 月，卢亚锋以优异的成绩获得科隆大学物理学博士学位，同时得到在哈勒（Halle，德国东部莱比锡附近）的马普研究所做三年博士后的机会。我们全家随他一起搬到哈勒。贝克也转学到研究所附近的 Krowitz 小学，我也转学到哈勒大学社会学研究所。在哈勒，我们住在马普研究所的招待所，距卢亚锋上班的地方只隔一条马路。他经常做实验到很晚才回家。他说，所里的设备非常先进，趁此机会尽量多做些实验。事实证明，这里所积累的工作经验和科研成果为他以后的科研之路奠定了良好的基础。贝克在这里经历了他人生的重要阶段，初领圣体，做辅祭生，小学毕业升入文理中学（Gymnasium）；经过三年的辛苦，我也获得社会学硕士学位。就在贝克要升入六年级，我刚刚硕士毕业，卢亚锋的博士后工作接近尾声时，他接到国内研究单位邀他回国工作的邀请。这在我们家引起轩然大波：回还是不回？当时，我不太主张回国，主要是考虑到贝克。他的朋友在这里，他在德国上了小学和中学一年级，习惯了德国的一切。而且最主要的是，他的中文说得磕磕绊绊，用中文写最基本的"我"字还经常写错，更谈不上跟上国内学校的进度了；况且，他这种情况肯定进不了好的学校。如果进不了好的学校，将来连大学都考不上，可怎么办呢？好多好多问题都会接踵而来。贝克已经11岁了，不想离开这里的同学和朋友，去一个对他来说陌生的地方。但是，卢亚锋是我们家的领导，他的态度很坚决，很有主见。他对我说，无论从哪一方面说，我们都应该回国。是的，德国在很多方面是中国没法比的，好山好水，空气清新，生活便利，社会规范，人们自在悠闲，但是这里并不需要我们；国内虽然自然环境不如这里，生活质量不如这里，工作条件不如这里，但是，那里需要我们，这是最重要的。人的一生中，有什么比"被需要、被重视"更有价值和意义呢？感谢KAAD在我们步入中年时还提供这样的学习机会！它使我们获得所希望的学位，体会了书本上学不到的许多宝贵的东西！这里良好的生活习惯，严谨的做事风格，坦率简单的人际交往方式，都已经内化为我们性格的一部分。在回去之后，这些都将成为我们人生的一笔宝贵财富，将会潜移默化地影响别人。还有贝克，我们也应当为他感恩！他在德国度过了他最美好的童年时代，没有过多的作业压力，没有奥数的要求，这是我们最应该为他感到欣慰的地方。贝克回去可以接着上小学，在国内的语言环境中，他的中文不会有问题的，而且他作为中国人，必须把中文学好，因为从发展的角度看，中国将来的市场前景远大。孩子有自己的人生道路，作为父母，不能仅仅为了孩子不可知的前途而放弃自己对生命的追求……

后来，我们全家来到波恩，同多年来支持并鼓励我们的 KAAD 告别。汉克杰博士接待了我们全家，对我们的回归表示支持与赞赏，并鼓励我们勇敢面对回国之后所面临的各种挑战，尽量缩短在国内重新适应的过程，无论在工作上还是在生活中，努力生活出一个留德学生的风采。就这样，我们怀着对 KAAD 的感恩之心，怀着对几乎成为我们第二故乡的德国的眷恋之情，怀着对未来生活的憧憬之心，全家在卢亚锋的率领下，于 2004 年 7 月 24 日，连同一大堆行李浩浩荡荡也登上了飞往家乡西安的飞机。

四

从 2004 年至今，我们回到家乡已经整整九个年头。回顾九年多来国内紧张忙碌而又十分充实的生活，感慨万千！我们十分确定，正如卢亚锋所言，我们当初回国的决定是正确的选择。

贝克回国之后应该上六年级，我当时建议让他留一级，但卢亚锋不同意，说男孩子精力旺盛，最好跟着上。就这样，贝克连滚带爬跟着国内的六年级开始了他的国内学校生活。开始时可以想象他遇到的困难有多大，但是孩子的适应力是惊人的，他经过了国内七年的基础教育，中文达到了同龄人平均以上的水平，在高考时语文竟考了 100 多分，而且以不错的成绩考入陕西科技大学。令人欣慰的是，他由于从小在德国所受教育的影响，独立性比较强，在国内上了一年大学之后，就自己联系前往德国学习，经过一年预科学习，现已正式进入德国慕尼黑工业大学学习；也由于他在德国的经历，他的德语提高很快，一般德国人甚至都听不出他有什么口音。目前从语言方面看，他的德语和中文都是比较流利的，可以说，他比在德国生长的中国孩子从语言方面来说更具优势。

2004 年，卢亚锋作为"特殊引进人才"受聘为西北有色金属研究院特聘研究员（教授级高级工程师），先后担任西北有色金属研究院超导研究所（该院第二大所）所长和钛合金研究所（该院最大研究所）所长。担任所长八年多，他不仅充分显示了突出的组织管理才能，使两个研究所的科研项目得以大幅增加，科研风气得到很大改善，而且他坦率正直的人品、清正廉洁的作风、严谨缜密的科研习惯博得了院领导和所里同事的一致认可与赞许。这些都得益于他在德国长期养成的习惯。

回国不到十年，他在工作上所取得的非凡成就是西北有色金属研究院一致公认的，先后主持数项国家级项目（包括基金一般项目、重点项目、973 课题、863 项目、军工配套项目、国家标准项目）；在 *Physical Review Letters*、*Acta Materialia* 等刊物上发表论文 100 余篇；获得发明专利 18 项；并被聘为东北大学等大学的博士生导师，被国家基金委聘请为国家 973 项目评审委员会委员；曾获陕西省科技一等奖以及中国有色金属工业科学技术奖二等奖；2006 年 7 月，被陕西省人民政府授予"陕西省有突出贡献专家"称号；2008 年，被中共中央组织部授予"海外留学回国创新创业专家"称号；2010 年 12 月，被中国科学技术协会授予"全国先进科技工作者"称号；2010年7月，被聘为首批陕西省"三秦学者"特聘专家；2013年被国务院批准享受政府特殊津贴。万分遗憾的是，他疲于工作而未注意身体健康，积劳成疾，于2012年5月检查出患胰腺癌，经过一年治疗，终因医治无效，于2013年5月27日与世长辞，享年48岁。卢亚锋的离世，给周围的人带来了巨大的悲痛，贝克失去了一位慈爱又严厉的好父亲，我失去了恩爱的好丈夫，西北有色金属研究院失去了一位忠实勤恳的好同事……对于他的离去，KAAD亚洲部主任汉克杰博士亲自致函慰问，并表示沉痛哀悼！

卢亚锋患病期间，经历两次手术、多次化疗，身心经受了常人难以想象的极大痛苦。面对所遭遇的一切，他没有丝毫恼恨，没有一句怨言。对于即将面临的死亡，他无畏无惧，坦然从容，他的这种欣然接纳痛苦、勇敢面对死亡的精神，感动了许多前来探望他的亲友和同事，他这一生是充实而无憾的一生！人的生命价值不在于时间的长短，卢亚锋在其不算长的生命中，活出了一个德国留学生的风采！他可以含笑告慰曾经改变他人生命运的KAAD，他这一生真的值了！

五

亲人的离世，对作为妻子的我打击是可想而知的，犹如有人把自己身上的另一半硬劈开来，留下的是累累伤痕！在卢亚锋走之后的几个月，我拒绝所有的电话，拒绝所有的来访，不想见到任何人，不想说一句话……就这样经过几个月的悲痛沉思之后，我才慢慢从哀伤的低谷中重新回到现实生活当中。是啊！他已经完成了他的人生之路；而我们这些还在世生活的人，还要继续我们的人生旅程！我意识到，必须重新振作起来！回国之后，我于 2005 年调入陕西师范大学社会学系工作，为了响应学校的号召，提高教师学位水平，我于 2010 年 9 月考入中国人民大学哲学院攻读博士学位，专业为宗教学，研究方向是西方基督教思想研究，研究德国 20 世纪著名神学家卡尔·拉纳的教会论神学思想。由于国内该方面的文献稀缺，我申请 KAAD 的短期访学资助，并获得 2012～2013 年在德国访学一年的机会。我在拉纳工作过的慕尼黑大学、慕尼黑耶稣会哲学高等学校、拉纳档案馆直接查阅拉纳著作以及有关拉纳的原文文献。由于在此期间卢亚锋生病及离世，我曾两次中断访学。直到 2013 年 9 月，我又重新回到德国，以完成我的博士论文。同时，也感谢汉克杰博士的推荐，我得以认识我的德国指导老师——慕尼黑大学教会教义学专家诺伊纳（Peter Neuner）教授，他在我的博士论文写作过程中对我帮助非常大。

可能有人感到奇怪，为什么我从社会学专业转入宗教学以至于神学专业？对于神学问题以及宗教信仰的研究，在今天的中国是十分必要的。单单从学术方面讲，基督宗教思想是西方文化的精华，不了解基督宗教，就不可能真正了解西方文化。我原来的专业是社会学。社会学属于社会科学，如今中国并不缺乏社会科学方面的人才，但缺乏真正的宗教科学研究者，尤其缺乏基督宗教研究者。在我所工作的大学里，真正研究基督宗教的人屈指可数，而且很多师生对基督宗教持有偏见。作为一名大学教师，我觉得有责任和义务把基督宗教思想介绍给学生，因为这样更有助于他们了解西方文化及其真实内涵。从信仰方面而言，研究基督宗教思想，直接涉及人生的价值与意义。正如教宗本笃十六所言，你要信仰你所知道的，你也要知道你所信仰的。这样，涉猎大量基督宗教历史及教义文献，使我真正了解自己的信仰。

说起与 KAAD 的情缘，真是一言难尽。在此，我代表刚刚离世的丈夫和正在德国留学的儿子，向多年来资助我们的 KAAD 和关心我们的汉克杰博士表示深深的谢意！是你们，给我们全家打开了一扇朝向世界的窗户，使我们得以进入并了解另外一个世界；是你们，改变了我们家每个人的人生轨迹，使我们得以在更大的范围内实现各自的人生价值；也是你们，使我们更了解基督宗教的内涵，乐做善事，深切体会到施比受更有福的含义。

波恩—KAAD—汉克杰博士

徐龙飞 [*]

　　小城波恩，仑美恬静，怡然哉自北而南穿城流过者，莱茵河也；七山（Siebengebirge）绵延于西岸，虽不峻拔巍然，也叠嶂层峦，奇岩邃坳，乔木蓊郁，嘉气葱茏，其间清泉莹澈，素练流潦而下汇于河，足称山青水润，毓秀钟灵。诸多城堡，散缀山间，乃中古以来之所存留，尤以龙岩堡（Drachenfels）屹然独出，令波恩以其弹丸之地，竟能北控科隆而襟带北海，南领巴符而提挈南欧，西出可抵巴黎以越西班牙，东进可至华沙更逾俄罗斯；自罗马帝国之始历中世纪，后经拿破仑、俾斯麦、威廉皇帝以至阿登纳总理，历代雄主，无不临江横槊，经略之志慨然蒂于胸次焉！

　　古来大国之都，不惟轩冕之贵如雅典者，不惟宗座之尊如

*　徐龙飞，1980 年考入北京师范大学历史系，1984 年获得历史学学士学位；同年考取北京师范大学史学研究所白寿彝教授、瞿林东教授的硕士研究生，于 1987 年获得历史学硕士学位后留my任教；1990 年赴联邦德国攻读天主教神学专业，1996 年于奥古斯丁神哲学院完成大学学业获神学学士学位，随即转入波恩大学在 H. Waldenfels 教授门下攻读博士学位，并于 2003 年获神学博士学位；此后任教于北京大学哲学系、宗教学系至今；其间亦兼任联邦德国法兰克福大学客座教授两年。著有 *Die nestorianische Stele in Xi'an: Begegnung von Christentum und chinesischer Kultur* （Borengaesser Verlag, 2004）、《形上之路——基督宗教哲学建构方法研究》（北京：北京大学出版社，2013）、《循美之路——基督宗教本体形上美学研究》（香港：中华书局，2013）3 部专著及 20 余篇专业论文。

罗马者，不惟肥遁佳境如巴黎者，不惟气象恢宏如柏林者，而波恩虽小，斯乃众都之首、名城之冠，而其所以雄踞莱茵中游而称诸城之选者，以其有皇家波恩大学及 KAAD 独建于斯也！宜其"二战"之后，欧陆甫定，即为德意志联邦之都城，观其遴选初衷，岂其无意于天下乎？

KAAD 者，以养成各学科优秀人才为要务，其无分种族、无论国籍、不问信仰，但凡品学兼优而又有志于学、有心服务于本国家本民族之青年俊彦，辄选其秀卓明睿者，倾囊倒箧，悉为潘助，使其先于波恩习学德文，而后听其分赴德国各精英大学，追随名师而聆听训诲，攻读专业以日日进学。

因之，青衿学子不远万里之迢迢，从环球各地踵接而来，齐聚波恩，一时间，苍头金发、黄肤皙面者，峨峨而至、雾集云臻，无不励精勤勉、苦志精专，以修习咏诵拗口之德文，朗朗乎雅颂之声不绝于耳；尤以每年一度之波恩年会，以其由学术论坛及文化之夜联袂而成，最为基金会学子所期盼，遂成雅聚之良机，当其问学研讨之时，操各族腔调之德语皆不甘寂寞而此起彼伏，至于文化之夜，则列国清吟之乐、小蛮之舞，又各申其能而踊跃登台；其学也莘莘，其乐也融融！

汉克杰博士者，德意志巴伐利亚州人氏，以奉职于 KAAD 故而卜居波恩，其屋之建，虽称简练而颇具韵致，前有庭轩后有池园，与其夫人周修纬女士不惟勤于栽培植种，而亦时时抱瓮灌园，以至于梅兰挺姿，绿藤绕屋，竹隐窗风，松筛径月，又养金鳞数尾于池塘，达者以为蓬庐；西贤西塞罗称公民之此类生活为"有尊严之闲暇"，并设为国家领导层所应达到之目的；噫吁嚱！诚哉斯言！善哉斯言！美哉斯言！

而余之愚鲁，幸与为邻，故尔常常受邀造访，甚或不速而至，汉、周贤伉俪待我以国士，饮我以醇酒，夏则露天烤肉，冬则围炉夜话，每每晤谈甚欢；当余学业波折之时，贤伉俪暨伸援手，慨然相助，至今思之，仍令余感佩不已。

且汉克杰博士素来笃志精研学术，西学精纯，中学博洽，故于探讨之时而能砥砺切磋，于我则饶有助益；其著述也，广涉经史，条贯中西，尤于美学领域用力极多，建树颇深，其论中西音乐美学，则言约义精，体用昭著，纵论横说，阐明奥义，不惟德文专著于德意志付梓刊行，亦有华文论述于中国刻诸琞琰；其丹青画作也，清微淡远，潇洒飘逸，方其皴山晕水，无不苍回翠转，云奔雾泻，历历然墨痕可泡；方其写物摹人，无不神形毕现，点睛成真，奕奕乎青绢生辉；况乃谦谦君子，襟怀雅旷，德行磊落，杰出尘表，貌古而温良恭俭，言朴而隽永意深，具兹数美，可栋可梁，诚为 KAAD 之干才；诗曰：桃李不言，下自成蹊，斯之谓也！

逾卅载以来，KAAD 基金会以汉克杰博士等为中坚，殚精竭虑，苦心经营，勉力为之，硕果累累，赞襄各学科领域之中国学人无以计数，而其中于德意志各精英大学获取博士学位者，又在其多，而以余之微末，亦忝列其间。若夫 KAAD 者，不为荣名而趋驰若鹜，不以功利而奔突如豚，而专以国际学术交流与学术促进为己任，夫经传有曰，善建者不拔，善抱者不脱，斯之谓也！

且夫文象百变，为鼎则一，万国虽殊，真理至恒；功德巍巍，越后冠前，伟绩有始，谢忱无终！

感怀良多，是有此文！

岁月有缘

——德国留学侧记

曾金寿[*]

一　导语

我的本科和研究生求学生涯均在西安音乐学院渡过，先是二胡专业，后改学音乐学，长达七年。记得 1986 年，我从二胡专业改学音乐学专业，开始把重心由音乐表演转向音乐理论。二胡专业以学习演奏为主，而音乐学则是以从事与音乐有关的研究工作为主。

从表演专业转向音乐学专业，这使我不得不深入了解这门

---

[*] 曾金寿，1966 年出生，先后就读于德国蒂宾根大学、不莱梅大学，并获得音乐学硕士学位、博士学位。2008 年 9 月，通过人才引进项目被聘为西安音乐学院教授。现为西安音乐学院音乐学系中国音乐教研室主任，西北民族音乐研究中心丝绸之路音乐研究室主任，艺术史理论研究、中国古代音乐史硕士生导师。主要研究方向：中国音乐史、丝绸之路音乐、民族音乐学、比较音乐学、德国音乐文献学等。先后发表相关论著百余万字，并承担国家教育部、省科技厅研究课题各一项。专著《在与周边民族和西方交流下的中国音乐和音乐教育》（*Chinas Musik und Musikerziehung im kulturellen Austausch mit den Nachbarländern und dem Westen*）由德国利特（Lit – Verlag）出版社出版（2003 年）；《中国古代音乐史》由陕西出版传媒集团三秦出版社出版（2012 年）。近年来，在从事教学工作之余，尤其注重比较音乐学、佛教音乐，以及木卡姆音乐文化研究等课题，并发表相关学术论文 30 余篇。

学科的发展历史与研究现状。我发现，德国对于世界音乐发展
之贡献令世人瞩目。它孕育了许多世界级作曲家。西方音乐史
中的古典乐派、浪漫主义乐派，以及 20 世纪新音乐潮流都与
德国紧密相连。此外，音乐学的确立及发展也与德国密不可
分。早在 19 世纪末，柏林大学就确立了这门学科的理论基础，
而且在比较音乐学、民族音乐学的发展方面，也迈出了历史性
的第一步。我由此萌发了有朝一日能去德国留学的梦想。20
世纪 80 年代，去国外学习音乐学，可以说是困难重重。我的
梦想能够成真，已是研究生毕业之后的事情。1992 年，国家
留学政策宽松，申请因私护照变得容易；再加上 KAAD 为我
提供资助，使我能顺利办好留学手续，去德国大学深造。

二

　　KAAD 成立于 1956 年。作为公益性团体，其主要目的是
为发展中国家学生提供机会到德国学习政治、经济、文化和艺
术等学科。基于此，KAAD 与德国各个大学及其研究机构有密
切联系，同时也与各国大学和天主教主教团体建立网络。我有
幸获得它的资助，是上苍对我的眷顾，也离不开诸位对我的惠
助。其一，李笃安神父，他时任西安天主教教区主教，是他鼓
励我、支持我、推荐我的。其二，KAAD 亚洲部负责人汉克杰
博士，他精通汉语，喜欢中国文化，尤其对音乐学有深入的了
解。在申请过程中，他支持我、眷顾我，并最终使我通过审核
程序，成为陕西省首批前往德国的留学生。

三

我收到 KAAD 的奖学金通知是在 1992 年 9 月中旬。它的到来，使我喜出望外，对前往德国深造充满憧憬。但是，办理与之相关的手续并非易事。因为当时国家对于应届毕业生出国留学有种种限制。在办理手续过程中，我的困难不是枝节问题，也不是官员的官僚主义作风问题，主要是要达到两个必要条件：其一，必须提供涉外亲属证明；其二，必须提供支付培养费的证明。这两项是当时应届生出国留学必须提供的材料。

1. **涉外亲属证明**

所谓涉外亲属证明是 20 世纪 90 年代对应届生出国留学的一项要求。当时，应届毕业生必须为国家服务五年，方可办理出国留学事宜。可例外的就是拥有涉外亲属关系。所谓涉外亲属的界定是这样的：其一，直系亲属者，他（她）无须受年限的限制，有邀请函或入学通知即可办理与之相关的手续；其二，非直系亲属者，他（她）必须缴纳每年 1 万元的培养费，而后再办理与之相关的手续。

这一政策实际上卡住了许多应届毕业生出国留学的梦想，使得无数年轻学子丧失了出国深造的机会。值得庆幸的是，我跟非直系亲属沾上关系。因为我叔叔曾志罡 20 世纪 40 年代曾留学于西班牙，后来定居中国香港和台湾。由于这个关系，我可以算作非直系亲属照顾的类别。

2. **支付培养费**

培养费的支付是针对非直系亲属而言的。它主要是指大专以上在校公费学习提前退学的学生和毕业后工作时间没有达到国家规定的服务期的在职人员，在申请自费出国留学时，所偿还的公费学习期间的部分高等教育培养费。依 20 世纪 90 年代的规定，每年 1 万元，共支付五年。

"依提供的材料看，你属于非直系。除掉三年工作时间外，还必须缴纳 2 万元人民币。"当时省侨务办工作人员这样判定。

2 万元人民币，按今天的通货膨胀率换算约是 20 万元人民币。当时我月工资只有 118 元人民币，当然拿不出这些钱。但是，这个难关如果不解决，就不能拿到学校缴款证明，也就不能去外事局办理护照，更不能去德国大使馆办理签证。此时，我的父亲曾信和西安教区李笃安主教为我筹集了支付培养费的资金。最终，我顺利通过这个关卡。

四

经过两个多月的手续办理，1992 年 12 月中旬，我拿到飞往德国的机票，它是 KAAD 汉克杰博士帮我订的，起飞时间是 1993 年 1 月 1 日。按照 KAAD 给我的学习安排，我先到波恩十字山语言学校（Kreuzberg Sprachinstitut）学习德语，数月之后，再入科隆大学音乐学研究所学习音乐学专业。所以，这次旅行的目的地是波恩十字山语言学校。

记得起程当天雾很大，空中吹着北方常见的冷风。天还没亮，父母、兄妹和我就拉着箱子从北京理工大学出发，前往机场巴士站。到机场后，办完验票、进关手续后，很快就坐上了飞往法兰克福的飞机。上午 10 点，飞机从北京首都机场准时起飞。在穿越浓浓的云雾之后很快就翱翔在广阔的华北、西伯利亚平原上空。凭窗俯视，万里晴空，阳光炫丽。

随着飞机向遥远的德国飞行，我内心之喜悦渐渐消失。它夹杂着离别之情，也包含着思念、迷茫的心绪。不知德国是否真的能实现我的梦想？我心里开始涌现难以掩盖的学习压力。

五

飞行九个小时之后，飞机缓缓降落在德国法兰克福机场。由于时差的关系，当地是中午 12 点。法兰克福机场位于美因河畔，是德国最大的机场，也是全球各国际航班重要的集散中心。它由两座航站楼组成，中间由走廊连接，也有旅客运送工具和巴士。它独具匠心的设计让人印象深刻，既美观大方，又方便快捷。

依列车时刻表，10 分钟后就有一列特快，途经美因兹（Mainz）、科布伦茨（Koblenz），到达波恩。就直奔站台，登上了这趟开往波恩的列车。靠窗而坐，可以看到一栋栋不同样式的小别墅和大片的绿色草坪，在夕阳的照射下，它们相得益彰，美不胜收。尤其在科希伦茨路段，一边是山，间或镶嵌着古老城堡，一边是莱茵河，间杂对岸一排排红色屋顶的小别墅，真是漂亮，宛如一幅展开的田园油画！

六

到达波恩已是傍晚。下车后，经过几个通道就到了中央售票大厅。可以看到周围依然充满着新年气象。尤其是书店，虽然是假期，但顾客满堂，都在选择自己喜好的杂志或书籍。走出大厅正门，迎面就是主街道和顶端远远耸立于天际的教堂。这个教堂是波恩的象征，建立于 11 世纪，据说高度达 96 米。

波恩位于莱茵河中游两岸，北距科隆市 21 公里。尽管城市人口不到 50 万，但它却是历史名城。公元 1 世纪初，罗马军团曾在这里设立兵营，为古罗马要塞。13 ~ 18 世纪，它作为科隆选帝侯国的首府达 500 年之久。1949 年 9 月，它又成为德意志联邦共和国首都，对联邦德国政治、经济、文化和艺术的发展起到决定性的作用。波恩名人辈出，贝多芬于 1770 年诞生在这里，并在此地生活了 22 年。建于 1786 年的波恩大学，造就了许多名人，马克思和著名诗人海涅都曾在这里学习过。中国现代著名音乐学家王光祈也曾在这里就读。在此地，他完成了许多至今仍然有影响的音乐论著。

对波恩，只有在这里住久了才能深入地体会它的文化底蕴。我很庆幸，KAAD 给我提供这样一个机会，使我能贴近波恩，呼吸到波恩的人文气息！

七

十字山是我要到达的目的地。从波恩火车站搭出租车五六分钟即到。它位于波恩市的西南部，属于平原向南纵深的高地，地势起伏，缓坡、丘陵、平地夹杂其中，有绿色草坪，有参天大树，漂亮且雅致！

十字山虽然不是波恩的最高点，但风景秀丽，是人们选择散步、郊游的好地方。如果站在该地区的制高点上，向东能俯视波恩全景，向西北还可眺望科隆大教堂的塔顶。在它的南部和西南部，放眼望去则是树木郁郁葱葱，夹杂广阔的草坪和绚丽缤纷的花草，让人心旷神怡！

十字山也是一个文化中心。它包括四个部分：其一，巴洛克式教堂，由德国著名建筑大师巴尔塔萨·诺伊曼（Balthasar Neumann，1687—1753）模仿耶路撒冷"圣殿"设计而成，自15世纪以来就一直作为天主教灵修的场所。其二，国际教育中心，1970年由北莱茵·威斯特法伦州批准成立。它有教室、会议室、电脑室及餐厅。这里常常举行与文化、政治、德语相关的研讨会和讲座。其三，德语语言学校。它是20世纪70年代被州政府认可的教育机构。它设有不同等级的德语班，学生来自世界各地。其四，学生宿舍，主要为语言班的学生提供住宿。自20世纪70年代以来，多数获得KAAD资助的学生均在此度过了第一个学习阶段。十字山虽然规模不大，但设施完备，负责事务工作的修女们把事务管理的井井有条。我在此居住期间，学生多达十几位，来自波兰、尼日利亚、中国、巴西、泰国、菲律宾等国家。他们基本上都是先学习德语，后奔赴各个大学追寻自己的梦想。

八

我同汉克杰博士的会面定于 1993 年 1 月 7 日上午 10 时，地点是在 KAAD 的办公室。那天天气晴朗，阳光明媚。按照汉克杰博士告诉我的路线，我从火车站搭乘开往多滕多夫（Dotten-dorf）的有轨电车 61 路，到普茨大街（Pützstraße）下车，很快就找到了 KAAD 所在地——豪斯多夫大街（Hausdorffstraße）151 号。

KAAD 地处波恩南部。该地区由莱茵河流长期堆积作用而形成宽广而平坦的地貌形态。由于这个地势特点，沿莱茵河岸市政府修建了大片绿色草坪和林园。另外，联邦政府机构和驻外使馆也多集中于此。如果站在莱茵河边远远眺望，可以看到除联邦德国前议会大厦高 30 余层外，其余建筑多为低矮洋房。它们与民宅、林园相互交错，成为波恩城市的独特风貌。

KAAD 坐落在豪斯多夫大街东侧，与沃尔特大街相交，是一栋三层楼的洋房。跟其他民宅不同的是，其门右面墙壁上钉有名牌。这种牌子在波恩很多，虽然不大，但都赫赫有名，要么是研究机构，要么就是基金会或政府机构。

汉克杰博士是 KAAD 的亚洲部主任。初次见面，在我印象里，他年轻有为，精明能干，不仅汉语说得流利，而且对中国文化和艺术颇有卓见。一问才知道，原来他曾就读于慕尼黑大学汉学、哲学、中国艺术和建筑专业，并获得此领域的博士学位。他的太太周修纬女士来自上海，是一位国际著名的小提琴制作大师。

汉克杰博士身穿灰色粗布西服，个子中等，脸上时常带着笑容。在交谈中，我发现他不仅理解中国学生德语语言表达不足的弱点，而且其音乐知识也超乎一般人的了解。他热情好客，但又严谨、一丝不苟。在交谈中，他不时翻阅我的资料以及学习安排，偶尔还会用汉语发问。

九

在十字山学习 8 个月之后，1993 年 10 月，我搬往蒂宾根（Tübingen），在那里开始了我的专业学习。蒂宾根大学是德国老牌大学之一，它共有 7 个院系，涉及 280 个专业。其音乐学（Musikwissenschaft）隶属于哲学系，属于古代学和艺术学的类别，同该校其他人文学科一样历史悠久，早在 1817 年就筹建与音乐有关的图书馆、乐器馆等。1921 年，音乐学研究所正式成立。

蒂宾根大学的音乐学教学以中世纪音乐为主。同时，对于巴赫、莫扎特、舒伯特的研究也有突出的贡献。此外，长期以来，它对于施瓦本（Schwaben）地区音乐资料的收集、音乐作品的出版以及中世纪音乐研究都做出了突出的贡献。在选修课程方面，它要求学生必须选修拉丁语和历史课。在教学方面，除音乐基础课程必修之外，更多地突出专业的自主性和讨论课程。

1. 授课方式

大课（Vorlesung）和讨论课（Seminar）是主要授课方式。大课所讲授的内容是基础课程，虽然无须提交报告或举行考试，但在毕业审核时需提交参加听课证明。

传统音乐史大课分四个学期进行，开设时间为两年。具体的划分是以音乐发展的特征为前提。第一阶段主要讲述 1400 年前的音乐历史（重点是意大利牧歌、宗教音乐、乐谱学）；第二阶段是 1400～1600 年的音乐史（重点是文艺复兴时期的欧洲诸国音乐文化）；第三阶段是 1600～1750 年的音乐史（重点是巴洛克时期的歌剧、器乐）；第四阶段是 1750 年之后的音乐史（主要讲述古典和浪漫主义时期的器乐）。大课也可以是专题性讲座。教授也可以把自己的研究重点通过课堂展示出来，比如说调的发展史、协奏曲发展史、现代音乐创作等，都可以作为开设的选项。

讨论课主要以启发学生独立思考为出发点。在初级阶段，有音乐学入门、中世纪乐谱学等课程。在高级阶段，则突出专题性，如某一作曲家的作品分析，或某一体裁的研究，或某一创作技法的探讨等，都是重点。在这一类型的课上，学生要注意寻找与课程相关的资料，为报告做准备。此外，要求把报告的题目写成书面形式，提交给教授。它训练的是课堂表达能力、做学问的方法以及课题写作。课堂口头报告与书面报告二者缺一不可，这样才能通过考试。

2. **学位授予**

音乐学专业的学位授予跟其他学科一样，分硕士学位和博士学位两个档次。前者获得学位的前提是必须通过阶段性考试、修完所有的课程并通过论文口试。后者尽管在学制方面比较宽松，但必须完成具有较高水准的论文专著。此著作要经过两个专业教授指导,并通过两周公示,在无异议的情况下,才准予口试,所获得的学位为哲学博士。

我在蒂宾根大学学习四年,最后获得该专业的硕士学位。由于博士学位与研究方向有紧密的关系,我于 1997 年 9 月迁往不莱梅,在那里开始了新的历程。

十

不莱梅大学是一所年轻的公立大学,有 12 个学院,音乐学隶属于文化研究学院。在文化研究学院,圭特·克莱南(Günter Kleinen)教授对中国文化及其音乐颇有研究。1995 年以来,他先后访问北京、上海、杭州、天津、西安等城市,围绕"德国中小学音乐教育""音乐教育的新观点和方法""奥尔夫音乐教育体系的回顾与发展简况""从西方人的视角看丝绸之路上的音乐交流"等课题做了多次讲座,与中国专家进行合作课题研究。

克莱南教授的学术视野非常开阔。在商讨博士论文选题时,他让我把视角集中在中国音乐教育和音乐交流两个方面。他有两个建议:其一,"在与西方文化交流下的中国音乐教育发展"是一个选项;其二,"在与周边国家和西方文化交流下的中国音乐之探讨"要进行关注。这两个选题虽然都涉及音乐交流,但实际上侧重点不同:一个是以中国音乐教育为主,另一个则是以中国音乐发展为主。在经过斟酌和选择后,我认为依我的学习背景和研究能力,后者更为适合。这个题目可大可小。从大的方面而论,任何与音乐交流有关的内容都可纳入，但势必会造成内容庞杂，在结构方面不好安排。如果从小的方面而论，可选择断代或者区域性特征的音乐交流进行论述。我认为，以历史发展为思考的基础，力图揭示中国音乐文化与周边民族以及西方的交往，进而吸收其有益的因素，这应该是论文的核心。它应该突出以下三个重点。

其一，隋唐之前，我国主要是沿着丝绸之路展开音乐交流。它连接了周边民族、西域（中西亚地带）和印度诸国。在交往过程中，外族的乐器、乐舞和音乐理论相继传到中原，被汉族广泛地吸收。尤其自汉代以来从印度传入的佛教文化，影响中国达数千年，其光辉深深地印在民众的意识之中，继而影响周边国家，今天的韩国、日本等地就是例证。

其二，16世纪以后，西方基督教文化开始对中国产生影响。通过耶稣会传教士，把自9世纪以来西方发展起来的天主教圣诗、圣歌介绍到中国。通过教堂和教会学校，西方教会音乐和音乐理论逐渐被教友们所接受。鸦片战争以后，伴随着富国强兵的强烈意识，人们对西方音乐文化的态度由被动转为主动接受。当时，大量接受西方文化是有识之士的共识。在音乐领域里，学堂乐歌的诞生具有重大的历史意义，它使西方音乐文化上升到普及教育阶段。

其三，20世纪是一个历史变动的剧烈时期。尽管政治局势波动不定，但随着科技的进步，音乐交流取得了很大的进展。从个别的历史时期来观察，它可能是封闭性的，但从全局来看，音乐文化的交流进入了多样化的时代，如西方18~19世纪发展起来的作曲技法被广泛地介绍到中国来；20世纪80

年代后,西方先锋派作曲技法在大陆青年作曲家中产生普遍的影响,与此同时,由中国香港和台湾地区兴盛起来的流行音乐、校园歌曲也在大陆掀起阵阵风波。

还应该看到,20 世纪中国音乐的发展发生了深刻的变化,无论从音乐教育,还是从音乐创造而言,都深受西方音乐行为的影响。在此时期,由于历史和政治的原因,中国大陆、台湾、香港均呈现各自的音乐发展过程。在这一点上,应该分析各自的音乐发展(音乐教育、音乐创作、流行音乐)情况,并探讨各自的生成因素和过程。

在写作过程中,克莱南教授不仅从内容、结构等方面给予指导性的建议,而且从行文的学术性、词语的合理性,以及语法、逻辑等方面严格把关,使论文尽可能达到德国博士学位论文的要求和出版水准。作为汉学家,汉克杰博士也非常关注我的论文写作。他不仅给予我精神上的支持,而且也从经济上给予援助。最后,这篇论文顺利完稿,并通过答辩。2003 年 8 月,它通过 KAAD 资助由汉堡利特(Lit-Verlag)出版社出版,在德国公开发行。

十一 结语

德国是世界上最早把音乐作为对象来研究的国家。自 18 世纪开始,先后涌现许多著名的音乐学家,如 18 世纪瓦尔特(Walther J. G.)、马泰松在 1732 年和 1740 年出版了音乐词典和以音乐家列传为内容的《登龙门的基础》;吉尔伯特(Gel-ber)编纂的《教会音乐论》(2 卷,1774 年);福克尔

（J. N. Forkel）编纂的《音乐通论》（2 卷，1788 年、1801 年）；19 世纪，科玛编纂的 28 卷《16～18 世纪教会音乐》，艾德尔编纂的 29 卷《音乐史作品系列》；20 世纪，H. 里曼编纂的《音乐史纲要》（五卷本）和《音乐的历史与现状》等，这些专著的重要性在于，一方面，把音乐现象作为专题性来研究，另一方面是它们在这些领域具有开拓性，为后来者进一步研究奠定了基础。

今天，德国的每一所大学都开设了音乐学专业。它既有硕士学位的培养，也有博士学位的培养，它包括历史音乐学专业，也有音乐文献学、音乐教育学、音乐考古学、音乐图像学等专业。特别是近 20 年来，随着全球化的兴起，民族音乐学、音乐人类学、音乐生理学、音乐社会学、音乐治疗学等新型学科逐渐被引入，音乐学专业在综合大学的发展得以完善。

音乐学专业在中国起步较晚。自 20 世纪 70 年代末先后在中央音乐学院、中国音乐学院、上海音乐学院、西安音乐学院等建立音乐研究所和院系。虽然是一门新兴学科，但它发展迅速，已取得很多教学和研究成果。它所培养出的音乐学工作者遍布全国各地，为中国音乐文化建设和丰富大众生活做出了重要贡献。

作为一名音乐学工作者，我求学于 20 世纪 80 年代末 90 年代初。从西安音乐学院毕业之后先是留校工作，后又留学德国十年。在此期间，深感许多前辈为此学科的发展做出了不懈努力。回首学习历程，我特别感谢张荣明教授，他鼓励我，支持我，使我走上了音乐学研究之路；感谢西安教区李笃安主教，他支持我，推荐我，使我申请了 KAAD 奖学金；感谢 KAAD，它为我提供赴德国学习深造的机会，使我在专业领域里开阔了眼界，学到了很多新知识和研究理念。

最后，感谢汉克杰博士，他关照我，呵护我，并鼓励我完成学业，也感谢他在促进中德文化交流、中德音乐交流方面做出的不懈努力！

KAAD 领我进入圣殿

张德峰*

我的简历中记载着：

——1993～1996 获德国 KAAD 特别艺术奖学金，并在纽伦堡艺术学院雕塑大师班学习。

这是我人生中最值得回味的一段历程。

一　转折

1993 年，我经当年在中国研究东亚宗教史的弥维礼（Wilhelm Müller）博士介绍，和 KAAD 建立起联系。在德国留学期间，我有幸得到负责亚洲事务的汉克杰博士的厚爱，并结

---

* 张德峰，1961 年出生于北京，1989 年毕业于中央美术学院雕塑系，后留校从事雕塑创作与教学工作。现为中央美术学院教授。1993～1996 年在德国纽伦堡造型艺术学院 Christian Höpfner 教授的大师班研修。代表作品有《春风》《和平老人》《景泰蓝维纳斯系列》《好山好水好地方》等。作品曾入选第十届全国美展、2003～2008 年的中国美术馆第一、三届北京国际美术双年展，以及德国德累斯顿国家收藏馆"活的中国园林展"、比利时首都布鲁塞尔"欧罗巴中国艺术节大展"、"世界行中国当代艺术展"、日本东京"山高水长当代中国名家展"等。作品被众多国际知名人士以及中国美术馆、北京国家大剧院、北京音乐厅、中国戏曲学院、上海城市雕塑艺术中心等文化机构永久收藏。

识了许多艺术家和教育家，了解西方的艺术史，发现东西方文化某些异同之处，基本把握现代艺术的来龙去脉。

2004年中央电视台为我拍摄了"艺术家张德峰"专辑片《相遇》，并在国际频道播出，这个专辑所用的名称是1995年我在德国的展览题目。这个题目是由德国著名美学家和汉学家汉克杰博士为我和另一位德国艺术家的合展而命名的。不言而喻，这题目表明了两位不同国籍的艺术家在文化上的缘分。《相遇》介绍了我的艺术研究成果和在德国留学的内在渊源关系。《相遇》试图从艺术人生的角度展现一个艺术家在不同文化间穿行的必然结果。在被采访时我肯定地说，"在德国留学是我人生中最重要的转折点之一"。我得到 KAAD 奖学金的支持，并由此真正开始了我的艺术之旅。这不仅圆了我的留学梦，也使我的人生步伐变得沉着坚定，艺术生涯丰富多彩，问题意识渐入深刻。

在德国那几年，学习是一种常态，因为眼前的一切都有着它的历史和文化背景，不论建筑和街道，还是博物馆与自然风光，都映射着欧洲人文历史的演变历程。了解这些人文成果不仅需要大量的时间，更需要可观的财力支撑。KAAD 基本上为我解决了生活的花销，还经常组织活动，安排我们参观和游览一些著名的文化城市。KAAD 每年举办年会，将所有享受 KAAD 奖学金的各国学者聚在一起，相互接触，互换信息。

因专业需要，我的留学花费很大，于是我就利用暑假画些人物肖像换取旅费、胶卷以及画册和博物馆的门票。丰富的留学经历在记忆中化成随意聚散的云，隐藏在脑海深处。三年积累下来的家书摞起来有一尺多高，记录着我在德国留学期间的苦与乐。如今近 20 年过去了，这些家书早已尘封在箱底，岁月无情地抹去了那些漂浮在脑海外层的琐碎记忆，仅将我 1993～1996 年的经历凝结成一段文字，永远印在我的履历中。当我拉上心灵与现实间同步的窗帘，沉寂的脑海又浮现出无数的记忆碎片，往日的一幕幕又拼接了起来，它们无不和 KAAD 与汉克杰的家庭相关。

历史对于一个民族来说需要不断地记载和审视，对于个人来说需要经常地回忆和反省，这样才能发现曾经的一切都和现在的结果有着密不可分的关系。特别是作为天主教的信仰者要经常进入圣殿，省查自身的过失和言行，做出忏悔，改过自新，才能轻松自如地开始新生活。人生的转折多在自省自赎自救中得以产生，人类社会的文化与文明也是如此更新传承和延续的。

二 相遇

我出生在一个传统的天主教家庭，出生后第八天就接受了洗礼。我有个姑姑叫张立华，至今在世，95 岁，是位老修女，曾任圣神卑女传教会的会长一职。她对我一直非常关照，不仅帮我找到一位贤惠善良的妻子，还给我引见了弥维礼博士，由此我得到 KAAD 的资助，踏上了出国求学的路。这在历史唯物主义者眼里是不折不扣的事物发展规律，也可以说是关系，但对我来说这里有个和"什么"的关系问题。有人可能会说，原来你能得到奖学金是因有如此的关系。但是在 KAAD 赞助的名单中，有很多非天主教徒，这证明了 KAAD 倡导的是耶稣"爱人如己"的精神，我以为，所谓缘分就是在这样的精神中产生的。

1995 年，一件令我终生难忘的事将我和汉克杰博士及家人联系到一起，由此，在我的情感世界里多了一份思念和真挚的牵挂。1994 年，在波恩 KAAD 举办的年会上，汉克杰博士为我举办了在国外的第一次作品介绍展，展出的作品都是由基金会出资复制放大的我在国内创作的雕塑照片。他还鼓励我举办第二次展览，时间定在回国前。我非常重视这个机会，经过半年的努力，在纽伦堡那仅仅十平方米的宿舍里，我雕塑了十几件五六十厘米高的作品。当我将这些作品的照片发给汉克杰博士后，他很快通过电话和书信分别通知我，确定于 1995 年 9 月 7 日至 10 月 6 日在波恩市图书馆举办我和德国雕塑家麦克斯·莫伊特（Max Meuter）的合展，题目为"相遇"。为顺利举办展览，汉克杰博士约我到科隆，特别为我争取到一笔展览资金，在旅馆租下一处带厨房的房间，并介绍我到麦克斯·莫伊特的工作室进行创作。历时一个月，我完成了四件作品，其中包括基金会请我创作的《母亲》雕塑，并亲手制作了十几个展台，与麦克斯·莫伊特结下了深厚的友谊。

展览开幕的前一天，汉克杰博士因我没有体面的服装出场，特将他收藏的父亲生前请英国裁缝手工缝制的纯印度毛料西装专程送到旅馆，当我试穿合身后，他慷慨地将这套衣服送给了我。我穿着这身西装出席了开幕式，并给不少人留下了中国青年艺术家绅士有为的印象。而我也因此有了一张在德国最有身份感的照片，特别是那张和麦克斯·莫伊特的合影照，连同展览评论一起，登上了《波恩日报》特辟文化动态专栏的版面。那天的开幕式上，中国驻德使馆的文化参赞，还有黑格尔研究学会的会长、波恩文化局长等中德知名人士前来祝贺。那天我第一次品尝到成就感的滋味，并接受了文化局长的另一个展览邀请。展览结束后，我将那身西装一直严密包装挂在衣柜中，直到回国依旧如视珍宝般地收藏着。它珍藏着我和汉克杰博士这段难以忘怀的友情，也记录着一段德国 KAAD 基金会通过汉克杰博士这样优秀的学者无私支持一位中国青年艺术学生的动人故事。

三 关照

1997 年，我结束了在德国的留学生涯，返回我日夜思念的家人身边。那段时间，我经常参与单位的一些城市雕塑设计项目。1999 年，我为厦门创作了几件作品，分别屹立在环岛路三个重要的节点上。2000 年，我又为石家庄市创作了一座大型的纪念碑，该碑表达了中国城乡人民在改革开放中的精神状态，取名为《春华秋实》。我将作品的照片邮寄给汉克杰博士，没想到 2001 年汉克杰博士在 KAAD 出版的《2001 年年度报道》（*Jahresbericht 2001*）一书中专门为我撰写了文章，将我的作品《春华秋实》和《大撸的诉说》收录进去。他来北京的时候特意将书送到我家。我当时非常感动，因为《春华秋实》这件作品所蕴含的时代精神被他以如此诚挚的方式给予莫大的赞扬。

　　KAAD 给我的支持和关照是通过汉克杰博士的一言一行渗入我心田的。还有一件令我始终难忘的事；我在《相遇》展览中的作品有一件是铜铸的，题目为《被破坏的十字》，那是一件花了不少心血创作的作品，费了不小的力气才背到德国。展览结束后，我想将这件作品送给基金会，以表我对 KAAD 的由衷谢意，便请汉克杰博士向基金会提请接受报告。后来基金会没有接受我的请求，汉克杰博士将作品亲自背到北京，送到我的家里。那作品虽然不是很重，但也超出了托运的重量，可以想象汉克杰博士那瘦弱的身体背着它上下转机，穿梭在巴黎机场熙熙攘攘的人群中，和去往登机口那长长通道时劳苦的样子。后来这件作品落入收藏家的手里，留给我一个不小的遗憾。它是个圆十字造型，敦实厚重，凸面被抛的发光，凹处如虫蛀般的乌黑深透，表达了我对信仰与宗教现状的关怀。这件作品被收录在浙江人民美术出版社出版的大型史料性画册《中国当代美术——雕塑·陶艺·壁画》一书中。

　　有一天，我为这件作品的石膏原作清理灰尘，面对它凹凸神秘的细节恍然大悟，想起汉克杰博士在送回那件作品时的神态，他当时并没说为什么，也许用中文很难表达，可我注意到他脸上一直挂着神秘的微笑。想到后来他又几次邀请我到德国考察，我这才理解，汉克杰博士以此方式转达 KAAD 将继续支持我到欧洲考察学习的决定，由此我深悟到他们的一片苦心，物归原主，完璧归赵，这是何等的情深意切啊！语言的乏力就在于谁都会说！雕塑的力量来自无语。汉克杰博士内心早已接受了我送他们作品的深情厚谊，也受到这件作品沉默力量

的启发，扬弃了"我们心领了"这句话的苍白无力，将 KAAD
对奖学金获得者的友情和无私援助，表达到感人至深的地步。
这不得不使我汗颜，也不得不使我紧紧握住 KAAD 伸给我的
援助之手，更不得不使我在生命的未知时日里多做一些有益于
传播爱的事情。

四　相融

KAAD 和汉克杰这两个名称在我的心里是一体的，我找不
到任何理由说我和汉克杰博士的友谊仅仅是私人之间的。因为
KAAD 对任何一位奖学金获得者都不求回报，只鼓励他们传播
爱和知识。这样的宗旨也从汉克杰博士及其家人的关系中传递
出来，与他们多年的交往使我深深感到：一个组织如果以传播
爱为宗旨，那他的员工以及家庭就一定是爱的使者。汉克杰的
家庭是由两个国籍的人组成的，他们给我留下相敬如宾、荣辱
与共的印象，如果你能和汉克杰一家接触，就会由衷地发现：
夫妻相互理解和关爱在两种文化组成的家庭中是多么的重要。
人和人交往的密切原因，也是相互理解和发自内心的关爱在起
作用，这正是 KAAD 的灵魂所在，作为基金会的一员，汉克
杰博士的家庭完全笼罩在这样的氛围中，这是我最为珍惜与他
们一家关系的主要原因。

有一件印象深刻的事，虽然讲来并无什么特别之处，但是
这么多年来在我的脑海里始终挥之不去。那是 1994 年春节前，
我刚到德国两个来月，还在波恩接受德语培训，有一天接到汉
克杰的邀请要我们几位中国留学生去他家过除夕，那天我才从

别的中国留学生处听说他的妻子是中国人。记得那天很冷，大家都穿得厚厚的，一起乘公交车赶往他家。当我们在寒风中终于找到他家地址时，已经晚了半个小时。因为我们在国内早有耳闻，德国人非常守时，所以大家都有点忐忑不安。当我们按响他家的门铃后，听到对讲机里传来汉克杰夫人周修纬热情的话音："哎！他们来了，请进啊！"上到三楼，汉克杰和夫人已经站在门口笑迎我们了，我们大家相互看了一眼，原本忐忑的感觉消失了。不知是谁主动道歉说："对不起！我们迟到了。"汉克杰马上笑着用中文接应道："哈哈，这很好！给我们多了一点时间准备晚餐。"大家都乐了！脱掉的棉外衣挂满了墙上的几个衣钩，使过道变得狭窄。每个人递上自己从国内带来的小礼物，他们夫妻俩以德国人特有的方式，一个个拆开包装，欣赏之余不时地发出赞美之声。阳台上挂着两个中国式的红灯笼在风中摇摆着，春节的气氛在这个由德国人和中国人组成的家庭里逐渐浓郁起来。

那晚大家合作包了一大堆猪肉白菜馅饺子，国内读者知道猪肉白菜馅饺子的味道：太一般，太普通了！可我品出，饺子好吃并不在馅和形上，而在于包饺子人的心上，谁能说在一个与中国人成立家庭的德国人家里过春节，围在点着红蜡烛的餐桌上吃饺子是不好吃的呢！特别是其间我们用笨拙的德语加中文，和汉克杰不停地交谈中国人是如何过春节的，引得他们两口子一阵接一阵地大笑。对我来说，那是第一次在国外过春节，我不知为何，一直觉得那一晚是在边境上一个暖洋洋的哨所里度过的！他们那时已有两个孩子，大的叫 Toni，仅三岁，小的叫 Jan，才一岁多，汉克杰抱着孩子，如欢度圣诞节迎接耶稣诞生一样的快乐。周修纬有点神归上海故里的感觉，和我们聊得兴趣盎然，欢笑不断，加上两个孩子偶尔的笑声和吵闹，使那个除夕之夜洋溢着一个大家庭特有的欢乐气氛。谈话间我观察到，他们夫妻时不时地对视一笑，那种相融相知的气氛实在令人无法忘却！那天我领略到 KAAD 职员的家庭独有的魅力和友爱的温暖，也品尝到不是亲人胜似亲人的浓厚情谊，从此我们互相往来，不断延续着我们之间的友谊。前些年每次汉克杰夫妇来中国都将我们大家招呼到一起，回忆和交流各自的生活感受，好不开心！可近几年这样的场面逐渐减少了，可能是大家都太忙了。可我依然期待着，重温那似在边境哨所里度过的除夕之夜。

五　启发

2001 年我又一次得到 KAAD 的资助，到德国考察当代艺术。那次我带夫人和孩子一起先到达波恩，在他们家住了一周左右。周修纬是一位有德国手工艺协会颁发的证书的手艺高超的小提琴制作大师，她家的三楼就是她的工作室。当时汉克杰博士把他们两口子的卧室让出来给我们三个人住。他俩却分别睡在工作室的地板和沙发上。这样的友情怎能不令我感激涕零。后来我终于得到当时在波恩大学读博士后的现北京大学哲学系徐龙飞教授的帮助，在汉克杰博士家附近租到一间学生宿舍。我在那里住了两个多月，那段时间我着了迷似的，每天去波恩国家现代艺术馆内设的图书馆查阅图书资料和画册。大量的艺术图像信息像开闸的洪水灌满了我的脑子，我的眼前基本呈现出欧洲当代艺术的本质面貌。同时我也开始沉思中国当代艺术的核心问题。我发现中国传统文化在当下的主导力已经非常弱小，原因不仅仅是20世纪60年代的"文化大革命"，更多的还是因为中国传统文化缺少西方文化中那种救世创新的献身精神。因此，在被彻底破坏的传统废墟上，中国人很难建立起创新的现代文化机制。试想一个人大部分机体都失去了功能是怎样一个结果?! 作为学院艺术家，我强烈地感到任重而道远!

那一年，我一直围绕着传统艺术如何走向现代而思考，苦思不得其解时，曾不止一次和汉克杰夫妻谈起我的思虑，他们也为我的困惑寻找开解的方法。汉克杰博士不仅带我参加在魏玛举办的学术活动，介绍我认识和了解歌德、席勒等人的学术成果，引导我走近黑格尔、海德格尔、荣格等思想家的世界，而且又经常传递给我正在德国举办的一些展览信息，参观包豪斯艺术学校，拜访名人故居，使我的视野逐渐开阔，对文化艺术的认知更加深刻。记得在魏玛，我们住了一个星期左右，在研讨会上，和来自其他国家的20多位奖学金获得者，共同探讨各自文化系统在当今社会面临的问题和发展机遇。从那个时刻起，我开始弄懂一个基本的概念：融合是为了发展，而发展需要勇气和宽容。没有理解，人和人怎么交往？没有执着，哪来的生命？没有宽容，哪来的家庭？没有爱情，哪来的希望？没有传统，哪来的现代？没有创新，哪来的快乐？我似乎找到了中国当代艺术和传统文化之间的断裂处。从此我更加勇敢地

面对现实，大胆地进行创作，逐渐开始触及人性中艺术与自然
的边界，也更多地关注当代艺术并加快了对传统文化回望的频
率。之后的创作里经常融入我对传统艺术的难舍难分之情，抒
发我对人文情怀的迷恋。我不再接受社会任务中那些令人索然
无味的项目。在教学中开始明确指出：没有思想、空洞乏味是
艺术的大忌。

以前在《相遇》展览中，我的作品都是围绕"孕"这个
主题展开的。故对生命体所具有的果实感情有独钟，也非常喜
欢达达主义创始人之一 Hans ARP 的作品。1999 年，我终于找
到景泰蓝这种工艺形态，作为我的艺术媒介，创作了《与阿
尔普对话》这件作品，那是一件挪用阿尔普作品《成熟的亚
当》饱满温柔的外形而创作的，看上去很像青花瓷。汉克杰
博士见到后爱不释手，我要送给他，可他居然坚持掏腰包购
买。这令我一直耿耿于怀！我曾半开玩笑半嗔怪地对他说：
"能否让我表达一次对你们的感恩之情！"可是他总是报以一
个快慰的微笑！而我获得的依旧是鼓励和支持。

我发现文化的不同在语言上体现得最明显，但语言并不影
响人们用艺术进行情感交流，反而会激发双方通过艺术这一媒
介去主动思考和相互理解。2004 年我收到汉克杰博士的一封
邮件，信中提到他要出版一本书，书名为《大直若曲》，他想
在书中用我创作的景泰蓝《艳装维纳斯》和另一件作品《和
平老人》，我欣然同意。一段时间后，当我收到并打开他从德
国邮寄过来的包裹时，看到《艳装维纳斯》的正反两面分别
作为封面和封底出现在德文版的 *Die große Geradheit gleicht der*

Krümmung（《大直若曲》）这本书上，而另一件作品《和平老人》收录在内页。我当时好不欢喜！因为这本书谈的是中国古典美学在影响着当代艺术。汉克杰博士和我在一次对话时非常风趣地说："张德峰你看，你的作品使这本书变得立体了！"这又是鼓励！从他那里，我感觉到一只温暖的大手在牵引着我走向一个充满爱的境地。

六　重返

时光荏苒，转眼已到 2010 年，KAAD 又一次邀请并资助我到欧洲考察，这次我带着女儿一起来到这个阔别十年的国家。

5 月的一天，我利用中午时间乘坐 602 路公交车再次来到 17 年前我学习德语时住的那个十字山修道院，那山显得不再那样高，那路也不如我当年感觉的那样长。我们在这座建于 18 世纪的教堂里，默默地祈祷了近一小时。

这个教堂由两部分组成。一部分由山下一条向上的路引领到顶，直至一座半弧形的哥特式白色钟楼前，这座钟楼向南开有一扇大门，门口有围栏使人不能进入其内，它似人间进入天堂的入口，围栏外有一条跪凳，人们可以跪在上面向里仰望：是一个圆拱形向上的廊道，下面大理石雕刻的台阶如天梯般直达一扇大门，这大门被耶稣在十字架上的雕像严实地挡住，门的上方有两座天使雕像，天花板上众多的天使画像在花朵的遮掩中给人一种虚无缥缈的感觉。廊道两边的墙上开有几扇长方窗，阳光照射在欢快热情的天使画像上，显得明亮圣洁，这使整个廊道处在一种上升的空间中。如此的空间营造怎能不令人向往天堂！而另一部分在钟楼的右后面，那里有两扇对开的用红木雕刻精致的大门，进入里边才是一般意义上的教堂。我们在进献箱里投入几枚硬币，从门口的台架上取了一张圣母抱耶稣的图片（它至今安放在我书房的祭台上）。

整座教堂里只有我们两个人，那金碧辉煌的祭台边分别矗立着圣男圣女的雕像，中间是一座镀金的圣女单腿跪地的雕像，她挺身仰望着手中的十字架，那神态似乎还停留在眼前耶稣受死的情景中。我和女儿静静地坐在这座雕像前，我跟她轻轻地说：“我不知多少次坐在这里想你们！”她那双仰望神像的双眼闪动着晶莹的光点，我知道那时她也是如此思念我的。父女的感情在这座宁静的教堂里升华融合，我闭上眼睛胸中似温泉涌入，这种感觉只有在教堂中才能产生，那种感恩之情也只有在这样的时刻才能油然而生。

七　携手

2010 年 6 月 3 日清早 6 点半，我起床了，可女儿典典还睡得很香，几声呼唤后仍不见她醒来，无奈我一路小跑赶在教堂钟声停止前，迈进了波恩市中心广场主教大教堂。没想到这是一次大弥撒，唱经和主教讲道用了一个多小时，那圣颂之乐伴随着男女美妙的和声，震颤心灵，在整座教堂中回响。之后由神职人员高举着十字架在前引领出了教堂，走上波恩市中心的广场和商业街，其间停留了两次。后面跟着近 2000 人之多的长长的人潮。我在其中随着大家一起前行。最后回到主教大教堂。原来这是耶稣圣体节（Fronleichnam），也是我一生中参与的最完整的一次大弥撒。

下午我带着女儿来到汉克杰家，谈起弥撒和教堂，才知道波恩这所教堂之所以叫主教大教堂，是因为每逢四大瞻礼都由教区主教做弥撒，而科隆叫 Dom 的大教堂是由红衣主教做弥撒。在我们谈到信仰的社会化程度时，为使我能更加了解天主教的发展历程，汉克杰夫妇开车带我和女儿来到一座建于1100 年的罗马式教堂，这座古老的教堂坐落在波恩市郊区的一片绿油油且点缀着各色鲜花的原野上，远远望去给人一种久远的感觉。里边的壁画是哥特式风格，用线多于用色。这座教堂由两层空间组成，下面属于穷人，上面属于贵族。中世纪的教会是被贵族掌控的，他们自以为有权有势有财富就可以高高在上，或许还认为在上面与上帝最近呢！看来这种意识至今没有完全消失，否则"权利平等"不会依旧在某些国家成为奢望。

时间转瞬即逝，三个月的欧洲之行，在我和女儿不断向列车员展示欧洲通票，并拜访了 13 个国家和 28 座城市之后，终于落下了帷幕。我们朝拜了数不清的教堂，参观了十几个国家和地区的重要博物馆，收获也在脚掌磨出的血泡中逐渐融入体内，女儿也在她 20 岁时体会到人生之路的艰难曲折，懂得了人的追求。

八　同行

回国的前一天晚上，汉克杰夫妇邀请我和女儿到他家吃晚饭，一家四口为我们送行。那天周修纬女士亲自下厨，做了几道西式菜肴，有烤肉，以及丰富的蔬菜色拉。汉克杰博士从地窖里拿出几瓶他和我都喜欢喝的方济各会教士（Franziska-ner Weissbier）牌啤酒，餐桌上点了几根蜡烛，气氛显得很有情调，但绝不像那次除夕夜的气氛。我和先生一边喝着味道醇厚的啤酒，一边闲聊着这几个月的经历，言谈中溢满了难舍难分的情感，当我再次感谢他那天骑着自行车到我的住处送奖学金时，他的笑容显得那么亲切，像一位兄长般憨厚，又像一位师者般谦和。毕竟近20年的友情，虽然分离聚合是常有的事，但那天我不知为何总有一种说不完道不尽的感觉。晚饭接近尾声，最后一次碰杯后汉克杰博士颤抖着声音说"我俩不能一起看展览了。"我的鼻子一阵酸胀，脑海里映射出我们一起参观亚琛现代艺术馆和波恩附近博物馆岛（Museumsinsel）的情景，于是强笑着说："哪能呢！以后还会的。"瞬间的沉默对视中，烛光在我的眼前和他的眼里闪动。还是他先打断了沉默的气氛，"看这……"他一边说一边递到我手里一本厚厚的书，我双手接过这书，借着蜡烛光，看到赭石色的封面上印着《圣经》（*Die Bibel*）。书下面是一张明信片，上面用德文写着：

亲爱的张先生，

《圣经》是一部永恒之书。希望此书能给您带来对2010年夏季在德国的美好回忆。

祝愿您和您的家人一切顺利！

修纬，Jan、Toni及汉克杰

将要分手的悲戚充满了我的肺腑，视线越发模糊起来。我好像稀里糊涂地说了一连串自己都不知所云的话，大家相互无语而视。

汉克杰博士步行送我和女儿，一路上我紧紧地握着他的手一句话也没说，我的心情他非常理解。路灯下，我们三人默默地走着，偶尔身边驶过一两辆汽车，之后就只有脚步声了。不一会儿，到了我的住处，我请他来到房间，将我从都灵藏有耶稣缠尸布哪所教堂里买的，看上去有立体感的圣容像送给他，之后我又送他下楼，两人的手又一次紧紧地握在一起。

第二天，周修纬女士开车将我们送到火车站，挥手告别之际，我感慨万千！在法兰克福机场候机室，我在手机里记下这样一段话："爱人如己"和"己所不欲勿施于人"都乃"大直若曲"，如是说，无人能重走耶稣的苦路！我只相信"高尚的生活"就是每日和不可见者漫步同行……

来自慕尼黑的年轻汉学家

翟　灿*

收到 KAAD 留德同学发起的撰写纪念集的邮件，随后又收到汉克杰博士本人的邮件，这对我来说真是个惊喜！时间也太快了，KAAD 亚洲部主任汉克杰博士还一直是我记忆中那位儒雅的年轻汉学家，今天我们中国的历届奖学金生已经要以纪念文章结集的形式，衷心祝贺他的人生道路前进到第 60 个年头！祝福是件美好的事情，就让我们这些被他亲自送往德国培养的学子，来为我们亲爱的良师益友汉克杰博士一路的学术耕耘、为他作为文化使者的一路引领，一齐献上我们的祝福和心底的感激。就算时间匆匆流去，我们还共同拥有在德国留下的深深足迹。让我们贡献出心里的点点滴滴，化作我们留德学子共同的记忆。

一　北京，中国社会科学院哲学研究所

结识汉克杰博士是 20 多年前的事。1988 年我硕士毕业

---

* 翟灿，女，KAAD 1993 ~ 1997 年奖学金获得者，哲学博士。现为华东师范大学哲学系副教授，专业重点为德国古典哲学与古典美学、当代美学理论研究。著有 *F. W. J. Schellings ontologische Mythologie in seiner Philosophie der Kunst (1802 – 05)* 和《艺术与神话：谢林的两大艺术哲学切入点》（获国家社科基金后期资助）。

后，留在中国社会科学院哲学研究所工作。1991 年一个很普通的日子，中国社会科学院大楼静悄悄的九楼上，哲学研究所迎来了两位德国访问学者。正在中国工作的弥维礼（Wilhelm Müller）博士，为哲学研究所引荐了从慕尼黑远道而来的汉学家汉克杰博士。那时的汉克杰博士有一张年轻的脸庞，一头暗金色浓发，亲切儒雅。他的汉语流利，专业知识精深，一见之下就给我们留下了鲜明的书生印象。访问后汉克杰博士和我们几个年轻学者也有一番对话，我们发现他对中国当代美学和艺术运动十分关注，正在跟进研究"85 美术新潮"的理论和实践，对其间的中国当代美术作品和艺术家都有一定的了解，大家喜出望外。这马上拉近了彼此的谈话距离。

岁月流逝，当时谈话的具体内容已经记不起来了，但我清楚地记得，大家的交流没什么文化隔阂，也没什么理解困难，真好像是同窗之间在交流。慕尼黑来的这位年轻汉学家不仅有深厚的中国文化根底和艺术修养，还相当熟悉相关研究的各种资料。那时我还不知道汉克杰博士师出名门，是 20 世纪德国最重要的汉学大家鲍吾刚（Wolfgang Bauer）教授的弟子，而且是 KAAD 亚洲部的负责人；我只是为有幸认识这位来自慕尼黑的年轻汉学家而高兴，对他的学养、兴趣和理论关注产生发自心底的认同和共鸣。20 世纪 90 年代初他留给我的这个鲜明印象自那时起就一直定格在我的记忆中。在那之后，我跟随薛华教授以及几个中国学者和留学生去马林塔（Mariental）参加一个汉学会议。在那里我第一次有幸见到鲍吾刚教授。那时我才刚刚开始读他的《中国人的幸福观》（*China und die Hoff-*

nung auf Glück)。至今我还记得马林塔那个满目阳光的青翠的日子，记得那次难得的学术聚会：汉克杰博士和他的老师师生重会，鲍吾刚教授作为海德堡汉学系奠基者，还在会上欣喜地重逢当时主持海德堡大学汉学系的瓦格纳（Rudolf Wagner）教授，再加上从波恩大学过来的著名汉学家顾彬（Wolfgang Kubin）教授，这次友好温馨的学术聚会真是充满了精彩的片段，十分难得。在那时的欢声笑语当中，与会者不可能料到，德国汉学界这几位精英这次的学术聚会成为极为珍贵的、也许是一去不复返的历史一幕。两年后，鲍吾刚教授因病突然辞世。这是后话。

汉克杰博士的哲学研究所之行，给我的人生轨迹带来重大转折。正是通过他本人和弥维礼博士、薛华教授等学者的直接帮助，我才能够和几位同窗一起，在 1992 年获得 KAAD 攻读博士学位的奖学金，开始了我生命中最重要的时期，到德国深造，完成德国古典美学研究的基础积累。记得整个 1992 年我都忙得厉害，不是关在家里赶译稿，就是挤车到西郊的北京外国语学院（后更名为北京外国语大学）德语系上课。那时候活得简单快乐，每天除了读书还是读书，心中憧憬的也还是读书，只不过是远赴德国。那时候我也笨得厉害，整个留德奖学金申请和所有必要的留德准备，如在德国的学校和导师的挑选等繁杂事项，我个人没有投入多少时间就已经基本就绪，当时竟然以为这种一帆风顺是很平常的情况。到德国以后独立处理自己的留学生活，我才慢慢发现，完全是亲爱的弥维礼博士、汉克杰博士与 KAAD 基金会为我和几位同学的顺利留学铺平了道路，KAAD 全额赞助了为期 4 年的留德奖学金外带医疗保险，赞助了从北京到德国波恩的机票；汉克杰博士不仅为我联系好博士生导师，还通过德国黑格尔档案馆的学术秘书 U. Closset 女士，帮我安排在海德堡 Handschuhsheim 的犹太归侨 Raspe 兄妹家数月之久的无偿寄宿，解决了我在找到宿舍之前的居住问题。得知我在海得堡大学最后得到的学生宿舍远在市郊的 Emmasgrund，而且"möbellos"（没有家具）时，汉克杰博士后来还会同 KAAD 亚洲部的同事，特意为我申办了一次特别补贴，用于简单安置，我用这笔费用买了三个书架和简单的生活用品、二手的书桌、床垫。每次想起这些往事，我都对 KAAD、汉克杰博士和所有帮助过我的德国师长友人充满感激之情。

回过头来想，20 世纪 90 年代初的中国还在改革发展的初期阶段，没有多少年轻人有财力自费到欧美留学。我和同窗们，尽管在中国社会科学院研究生院读的是德国哲学专业，也完全不了解到德国留学的可能性和具体运作情况。像一切学子一样，大家虽然心底怀着深造的愿望，希望走出国门到欧美去深造，深入了解西方世界和它的基督教文化，但也只是把这作为一个梦想。我们对留学生活并没有很具体的思想准备。哲学研究所的象牙塔气氛，有可能对我们过度保护，将出国门时，我们还像澳大利亚动画片里的袋熊"毛富利"那般，稀里糊涂地准备拥抱一切。记得弥维礼博士在他朝阳区的寓所，好心地用德文报纸给我们开语言小灶时，我们对着那些打工广告，根本反应不过来，既不知道那些缩略语的意思，也不懂得如何自我推销去争取一份假期零工。到我自己申办出境手续的时候，各种磕碰开始出现。虽然有老师、同学和朋友的一路帮助，但是那会儿中国正值改革转型，各种职能管理部门之间不甚协调，自费留学要办理辞职、销户口、人事档案调出转存、护照申办、体检、各种学历身份文件翻译公证、跑签证等程序，这一番正常的程序走下来竟然用去了五个月，个人积蓄也被各种加急费用耗得干干净净。我到达波恩已经是 1992 年 11 月底，基金会指定的集训语言学校早已开学三个月。

二　波恩，十字山

在波恩的回忆是欢乐的，很多都与汉克杰博士和 KAAD 直接联系在一起。至今难忘波恩大学门前那一片碧绿的大草地，难忘阿登纳大街（Adenauerallee），直到莱茵河畔一带的旖旎风光，春天里绿草如茵，满树樱花。微风一起，团团香雪纷飞。

不远万里初到德国的中国留学生们，总不忘到波恩 KAAD 基金会拜访亚洲部主任、亲切的汉克杰博士，大家喜气洋洋，如见师长。我还记得汉克杰博士的办公室里，一张边桌上密密麻麻摆满各国留学生的贺年卡，好像一片爱心森林，传递暖意。那一次修社会学的袁小伟，从中国带了个小礼物送给汉克杰博士。一个黄黄的石头笔架，体积不大，打磨光滑。当时留学生从北京飞波恩不是直飞，还要经华沙转机，万水千山地到了波恩，这件礼物已经断成三截，袁小伟把它拿出来的时候非常尴尬。汉克杰博士对礼物的破碎并不在意，反而捧着这几块碎石欢天喜地，原来他认出，这件礼物是三叶虫的化石，还带有虫体遗骸，接下来这两个人就忙着讨论三叶虫化石问题，汉克杰博士详细地询问了这块化石的燕山产地。我在旁边也学到了一课：国内俗称的燕子石就是有几亿年历史的三叶虫化石。很巧，中国和德国都有大量这种化石遗存，还发现了一些世界上极稀有形态的三叶虫化石。

奖学金生寄宿的十字山修道院在小山顶上，是个可爱整洁的地方，有静静的庭院，高大的落地松，浓密的灌木丛，草地上总有许多蹦蹦跳跳的乌鸦。雪天里更是美丽绝伦，一处处的圣母雕像怀抱圣婴，披着白雪，伴着松果花环和红烛，小礼拜堂灯光闪烁，修道院时时传出钟声和管风琴乐声。记得我们好脾气的德国厨师，有一副熊爸爸身板，目测 2 米以上，超级高大。前来看望他的一个小广东同学，直接被他两臂一挥，拥进"肚怀"，在场的各国同学无不喷饭。还有虔信善良的比安卡嬷嬷，一看雪天迟到的我黑瘦，立刻抱来一件短袖的羊毛大衣，执意送我。盛情之下，圣诞节前后那段寒冷日子里，我在修道院的宿舍就穿着这件露胳膊的大衣跑来跑去。

山上除了修道院外，还有一座依山而建的美丽墓园。里面有许多榕树样的大树，飞着萤火虫和小粉蝶。每天下山上课都要路过那里，我们有时候也会绕进去看看。一个月后，我已经读完了墓园里的墓碑，开始遐想这些逝去的人们曾有过的岁月。记得大雪纷飞之时，那边的景致尤其漂亮。还有山上的小牧场里，平时十分傲气的那些高头大马，纷纷跑到围栏边来，从我们手心里吃糖，一副很乖的样子。糖果是科隆（Köln）

狂欢节的收获。在德国的第一个Rosenmontag（指复活节十天前的星期一，在德国这一天有宗教性游行）我们是在科隆过的。那一天语言学校的班主任施密特（Schmidt）博士带队，全班兴冲冲地齐赴科隆，参加万人聚集的城市狂欢节。大家化了妆，顶着几小时的风雪，夹道欢迎游行队伍和花车，高呼"哈利路亚"，大唱"wunder，wunderschön"（真棒，太美了）。大家在震天的音乐里活蹦乱跳，接住抛撒的糖果。老师在那天挑了个奸臣脸谱让我给他画上，因为我告诉他，白脸儿的那是青春角色。那一天老师的羊皮领带和两脚的鞋带，被阿根廷的女同学七手八脚剪断，把他心疼得要命。那一天，搞怪是必需的。

我们其实都相当尊师重道，尤其对十字山语言学校的辛勤的老师们非常尊重，他们日复一日的心血和 KAAD 对每个学生的期盼，我们怎么会不明白。班主任施密特博士为了尽快破除同学们开口的障碍，选过很多文字朴素的精辟文段，让人过目不忘。有一首寻找朋友的小诗，我至今还能背几句。诗里是写给小孩子的话，但说的是生活真谛。老师在课堂上会让大家一个接一个地随意说两个简单的德语复合词，撞击大家的语言火花。记得我顺嘴蹦出个"Luftschloß"（空中楼阁），得到他真心的夸奖，自己也精神一振，但是第二个就怎么也想不出，情急之下只好说个"Arbeitsamt"（劳动局）！老师还给我们放映过几个震人心弦的电影片段，瞬间打开全班的话匣子：如果有机会，年轻人该不该选择生命试验？观点当然各式各样，对话根本停不下来。施密特博士也安排过一个傍晚的文化聚会，把全班同学郑重请到他自己在十字山的公寓里。那里没有煎炒烹炸。起居室宽大，有音乐，有书架，窗外看得见十字山山头疏落的灯火。一组组安乐椅和软沙发，安顿了全班人马。他家的条桌超长，又大又沉，很有气场，桌上放着糖果、干果和软饮料。暮色中，烛光摇曳，加上老师心爱的文学话题，全班同学忽然都绅士起来，轻言细语，端正姿态。还有同学用相机记下了这难忘的一幕。我还记得十字山学校里那位大眼睛的女老师，她专门在课外给我开设过几周小灶课，帮助我为入校的PNdS（德语水平考试）做最后的冲刺。她为人真诚，性格爽快，对我的一点儿进步都大加夸奖。那年3月底，我在海德堡大学的 PNdS 发榜名单上看见自己的名字后，立刻跑到大学广场（Uniplatz）旁的文具店里买来明信片，把好消息和真心的感谢发送给十字山的老师们，想让他们知道，每个同学在拼搏时一直都记得老师们的辛勤付出。

奖学金生在结束短期培训后都各自奔向自己的目的地大学，挑战性的深造等待着大家，每个人都要独自面对。但KAAD 年复一年的奖学金生大会还是会把大家带回波恩的十字山。每年春季这三天的年会好像一个节日，数百年轻人陆续到来，让宁静的十字山喧腾起来。那时，每次亚洲部的活动几乎都由汉克杰博士负责组织，他带领工作人员和大家一起具体实施。从留学生的大会发言、分组讨论报告，到个人书法展览等种种才艺表演，亚洲留学生们的活动组织得有模有样，既有泰国的敬神舞蹈、中国的胡琴独奏，也有临时拼凑的现代革命京剧片段演唱，丝毫不输给活跃好动的非洲和拉美学生。每逢这种欢聚一堂的时候，我们年轻的亚洲部主任汉克杰博士既是领导又是大家的朋友，他幽默亲切，轻松低调，善于分配角色和沟通，与大家从未刻意保持过距离。他有一次组织我们亚洲部同学座谈，给各国留学生们出了个题目：换个角度，从他人的角度去看自己的文化。这个话题激发了各国青年们的文化间对话，促使我们审视自己。我就是在那一次，从听到一个印度尼西亚同学对中国的抱怨开始，从不解到了解，到第一次真心反省自己的大国心态：我对自己邻国的文化，对那里的人民，关心了解得实在是太少。

记得在汉克杰博士的组织和安排下，离波恩不远的圣·奥古斯丁（St. Augustin）天主教中国中心，也成为中国留学生们常年前去参加研讨班、会议聚会和各种文化交流以及参观展览的地方。在那里，我们经常与德国大学生，以及赴中国留学的德国学生一起，就一些社会现实题目做报告、座谈交流。大家还在那里参观图书中心，近距离地接触著名的《华裔学志》（*Monumenta Serica*）的工作，深刻地认识了近代中西文化交流中"传教士阶段"的意义。重温汤若望神父以来几代德国天主教耶稣会传教士前赴后继地前往中国，为沟通欧洲与中国的宗教、思想和文化做出的热忱贡献，缅怀这些凭着虔诚信仰、渊博知识、无私品质、勇气与正直在大地上传播宗教信念和真理的人们，重温他们在华的宗教、科学多元工作成果，他们个人承受的磨难与痛苦，他们高尚品格传递的真诚、真爱和真心，令人感佩至深。

中国中心的聚会少不了轮番表演的这一保留节目，这最能活跃气氛，迅速拉近大家的距离。组织者特别重视全体参与，总是让同学们贡献集体游戏，穿插表演。这可年年把中国学生难住。这帮人基本上从小都是爱学习的好孩子，除了幼儿园时代玩过丢手绢、击鼓传花外，早忘了什么是集体游戏。记得德国同学出过主意，教大家玩一种错位拍手花样。所有人在桌边聚成巨大圆环，每人都右上左下，交叉双手放在桌面上，再按照一定节拍，一个传一个地与左右两边伙伴按照一种特别的鼓点交错拍手。每当指挥一声令下，圆圈启动，下面是一连串的"噼噼啪啪"声，让人手忙脚乱。这个游戏的节奏是关键，那心情紧张的、慢半拍的必然失手。链条一断，打错拍的必须起身表演。这样下去没几圈，不少人被请上舞台，有唱的，有跳的，有无艺可献直接学猫叫狗叫的，大家笑成一团。中国同学被逼不过，贡献了"抢椅子"的游戏花样。听着没什么新意，玩起来效果挺轰动。把会场中央腾空，背靠背摆上两排长椅子。全体集合排队，放音乐，集体围绕椅子跑步。只要音乐骤然一停，就要立刻就近坐下。谁没抢着座位剩在那里，谁就得表演节目。椅子的数目比总人数少一两个，所以这个游戏升温更快，不长一段音乐过后，只听得屋里头一阵阵"稀里哗啦"，有人孤立无援，有人翻身落马，基本再现了中国地铁里每天的保留节目。大家早已不再镇静，个个一脸傻笑，走起来都像一头沉似的一路歪斜，随时准备冲向椅子。我不记得这游戏是怎么收场的，只记得越不好意思抢椅子，处境就越危险。那一年中国中心的卡特琳娜女士出来致闭幕词，给人印象最深。这位稳重的女士在讲话的最后，忽然挥起手，改口用北京

话，字正腔圆地大叫了一声："撤！"全体中德学生登时欢声
雷动。

三　柏林，普鲁士国家博物馆

汉克杰博士在我们中国留学生心目中也是一位文化使者，
他曾经多次亲自带队我们亚洲部奖学金生的文化之旅，把立于
基督教文化之上的鲜活的德国从各个方面展示给我们。记得我
们去过最南边的一次，是到德国南部多瑙河畔的一个修道院。
学生团体去那里除了参加座谈会外，也亲自体验一下那里僧团
的虔敬宗教生活氛围。我们在那里参加过小范围的修士会弥
撒，近距离地接触到那些发守神贫、追求灵修的人们的精神生
活世界。这些教士们静心虔修，把心神专注于基督，专注于祈
祷、劳作和圣经文化的传播。修道院出世静修的气氛，修士们
简单朴素的生活，还有他们参与的社会服务，这一切给我很深
的印象。有位神父在小礼拜堂对各国留学生布道，语言质朴，
很有感染力。他谈到天主教祈祷仪式画十字手势，简明有力地
说，"这一竖"，他的右手从额头划到胸前，"代表了神
（Gott）直通我们的内心，他在听。这一横"，手从左肩划到右
肩，"代表了我们大家，祈祷联结着大地上所有的人"，我们
深受感动。记得那一次的祈祷课结束之前，由各国留学生小组
轮番献唱本民族的祈祷歌。中国的教友同学们有些着急，因为
中国的情况特殊，那时教友们并没有很正式的祈祷歌，他们推
举我临时代表大家，吟唱一首有点精神性内容的歌。我选了一
首黄河船夫谣，用循环往复的调子，慢慢地唱着黄土地上一群

跋涉的心灵："你晓得——天下黄河几十几道弯——，几十几道弯上——，几十几条船咪——"我们后来非常高兴，其他国家的同学们居然都听懂了歌中的辛苦、寻觅，大家还十分喜欢这个曲调。祈祷结束的时候，不但韩国同学纷纷跑来夸赞我们的"祈祷歌"真好听，而且音乐细胞特别发达的非洲同学，居然连基本旋律都学会了，小礼拜堂和庭院里，好一阵子都有一些浑厚男声，回声一样重唱："几十几道弯——，几十几……几十几……"

汉克杰博士带队的这次多瑙河文化之旅，对我有不小的影响，自此修道院对我不再是神秘的地方，反而有一种神奇的吸引。也许是因为这些有着坚定信仰、安贫乐道的人们向我展示了他们的精神力量。那些古卷青灯的精神追求，使我感到与他们在精神上的亲近。后来在海德堡的学生生活中，我常和我的德国同学一起，在周末爬上圣山（Heiligenberg），去到那里的一个古老修道院，专门去买修士们自己生产的牛奶、南瓜，支持他们的自给自足。那里的修士除了每日的静修日课、各种社会慈善事业之外，还在修道院内耕作劳动，他们养牛、养鱼、种菜，制作奶酪，自理僧团的一切日常杂务，以维持修道院的运转。他们宁静淡泊，精神坚强，仁心宽厚，还有很深厚的神学知识积累，令人心生敬佩。我非常喜欢院中那座中古风格的图书馆，感觉它与南岸的古老大学遥相呼应。后来每当我坐在内卡（Neckar）北岸的草坡上读书时，都会感受到身后圣山上修道院的存在，它是海德堡的一部分，散发着善和爱的力量。

我跟随汉克杰博士带队的文化之旅，向北最远去过柏林。

印象中，那次汉克杰博士先是带领大家落脚在万湖的南岸，次日奔赴柏林市区。我还记得大家同舟共济，横渡万湖的场景。在普鲁士国家博物馆参观亚洲馆，我的印象也很深。记得当时看完一圈，发现其中的中国部分似乎只布置了馆藏品的日常陈列，没有做集中的主题展览。普鲁士国家博物馆的厅堂高大，灯光明亮，更衬出那次的中国文物展品总体数量不多。虽然分类摆放了一些陶器、陶俑、青铜器、漆器、瓷器、织物、书法字画和小型雕刻，但给人总的观感是展品分散零落、大件不多，精品很少，书画作品中甚至还有不少画稿。中国馆里这一期展品的情况让我大感失望，带队的汉克杰博士仔仔细细看完全部展品后也很感意外，他来跟我交流说，比起刚刚看完的日本部分的丰富馆藏，中国馆这次的展品让他十分吃惊，他说得很贴切："中国部分很弱啊，展品的分量明显不够。"这是非常中肯的行家的判断。柏林普鲁士国家博物馆的中国文物馆藏，虽然无法与大英博物馆和卢浮宫的藏品相比，也还是有不少精品的，特别是收有来自中国境内西域的文物。我一年前曾来短期实习过，有幸一饱眼福。

后来大家集体进入另一个过渡展室，发现大堂中央的高台上隆重地展出一把中国宝座，顿时又惊又喜。博物馆的亚洲部中国馆总算有一件配得上老大帝国的展品，但是这个雕龙宝座真的很像皇帝御座，就是我们北京人从小在故宫、颐和园等处看惯的那种制式。我赶紧凑上前去仔细读了几遍展板文字，确认这把真的是清王朝皇帝的宝座，来自热河行宫避暑山庄。

清朝皇帝的宝座虽不能说是中国的国宝级文物，但这么典型的皇权象征物也极不应该出现在皇宫之外。一下子我真是难以置信，脱口大叫："我们皇上的宝座，它怎么在这儿？"我记得汉克杰博士看到我在那里纠结，走过来安慰道："Frau Zhai（翟女士）你不要着急，我们只是替你们存着，我们替你们看着、保护。"他这些温和的话虽然说得幽默，但的确是真诚的劝慰，顿时让我笑出声来，也有点不好意思。艺术史是我的副修，我很明白，由于旧中国的战乱，流失海外的中国文物成为一些西方国家博物馆收藏的情况十分常见。最主要的是，国外博物馆所藏的中国文物的来源途径很多，它们中有捐赠品，有博物馆经拍卖购得，有向收藏者直接收购所得，并非都是掠夺来的，而且国外的大型国家博物馆一直鼓励对世界文明古国文物的连贯收藏和保护，保护世界文化遗产，使之在世界各地的博物馆中面向全世界，是善意的收藏。文物和艺术品的博物馆制度，虽然割断了它们与原始文化环境的血脉关系，但由全职的博物馆专家来守护，把它们作为博物馆藏品向全世界所有公众开放和推广，未尝不是全球文化村的一件大好事。

为了纠正自己的失态，我赶紧对汉克杰博士表示赞同对流失文物做博物馆保存，也把我过去的一点亲身体验告诉他。1987 年，读硕士期间的暑假，我曾经远赴新疆吐鲁番考察西域的艺术遗留，实地察看著名的阿斯塔那古墓壁画，当时那还是中国考古发现的最早存世壁画，但保存情况岌岌可危。在戈壁滩旁的火焰山上，我还到过柏孜克里克千佛洞。那时它已经被绝大部分中国人遗忘。我亲眼见到开凿绘制于 6 ~ 7 世纪的洞窟中大量精美的佛教壁画，随着高昌地区被弃而湮没无闻。

最令人痛心的是，时光和遗忘没有夺走它们耀眼美丽的色彩，人祸却把它们破坏得一塌糊涂。不少洞窟的壁画从上到下，密布着"坎土曼"雨点般的斧凿，不留一块完整，让人根本无法辨认壁画的内容，这明显是出于有意的、有组织的大规模破坏。我把这个情况告诉了汉克杰博士，让他理解我是赞成对文物的异地保存的。没想到他立刻睁大双眼，吃惊地用汉语反问："你当时去了高昌故城？"本来只想分享体会，没想到汉克杰博士竟然熟知高昌故城，我的汉语说得飞快，不是每个汉学家都能跟得上我说的汉语地名、文物名，完全明白我说的事情。当时即使在中国同学中也没有几个人能够对"高昌故城"做出反应，多数人不知道这个地方，即使听说了也不大关心。刹那间我与汉克杰博士之间产生了一种心领神会的感觉，那是中国艺术和美学研究者们的理解和共勉，为我们共同的志向、共同的心愿和实践。我们谈起西域，谈起黄沙围困中的那些文化珍宝。当时的参观活动还在进行，我们无暇深谈，许多话尽在不言之中。

拉杂走笔至此，短短的几个镜头不足以表达 20 余年来我从 KAAD 的文化使者、汉学家汉克杰博士身上源源不断获得的人生正能量以及我的一片感激之情。2006 年波恩一别，已是八年过去。这期间汉克杰博士往来中德之间，与上海社会科学院的学者们一起，参与上海的城市文化论坛，提出种种建言贡献，传递一个德国汉学家的文化信念，我对此一直都有耳闻。因为近年来陷入健康危机，在中国重迎我们 KAAD 亚洲部主任的愿望竟然一直未能实现。在他人生的第 60 个年头，我愿为学者和文化使者汉克杰博士献上祝福和回忆：因为他的文化使命感，我才作为研究者与德国哲学和文化结下不解之缘，我在人生路上从他这位文化使者身上学到的最重要的品质就是爱心和尊重。它们是任何交流的前提。我将永远铭记这些曾有的德国经历，它们是心灵的经历，很重要，很美好。

一位德国学者的中国情怀

——记汉克杰博士

朱　刚[*]

一　祝福

在中国，按习俗，60岁绝对是不可忽视的大寿，是要隆重庆祝的！60岁意味着太多太多……当前，正值兄长、老朋友汉克杰博士60岁生日，我愿意将自己全部的热情、感激、祝福为相识20年的兄长祝福！没有华丽词句，只有炽热的心与曾经的点点滴滴！是他，给了我人间的大爱；是他，让我总结过去，憧憬未来！更是他，让我人生和艺术眼界大开！深深的感激在不言中！默默地祝福博大情怀的兄长，生日快乐！身体健康！

二　1994年·冬

提起笔，思绪万千，心潮涌动！感叹时光飞逝，感叹人生

---

[*]　朱刚，男，1958年12月出生于青岛。1982年毕业于山东师范大学美术系并留校任教。1989年结业于中央美术学院油画系第四届研修班。1994年获德国艺术家奖学金，赴德国纽伦堡美术学院讲学，后攻读硕士学位。1997年回国，仍执教于山东师范大学美术学院，任教授、硕士研究生导师、油画教研室主任、中国美术家协会会员、山东省美术家协会理事、山东省美术家协会油画艺术委员会副主任。

苦短！写 20 年前的往事，我内心不敢，也不情愿！这要有勇气承认自己已老去。人生有几个精力充沛的 20 年？时光啊，生命就是用它来衡量出你的一分一秒，见证你一天一天的成长。没有任何技巧和高科技可以让时光倒流！

之所以如此感念光阴似箭，是由于不自觉老去的心在日思夜想，这是心态变老的写照。说来也怪，随着时光流逝，越来越喜欢回忆，尽管有些伤感……

1994 年 1 月，我踏上了飞向向往已久的德国的飞机。我怀着艺术理想，惦记着大师梦，开始了亚洲飞向欧洲的旅程。我今生第一次把脚踩在了德国的土地上。那一刻，我相信这是"另一个世界"，告诫自己一切都是新的，都将从头开始。我甚至欺骗自己，欧洲的天不是蓝的，是五彩的。但当踏踏实实地站住了，我深深地呼吸了一口，发现一切都不是想象的那样，天依然是蓝色的。

正宗的欧洲建筑，悠久历史感的巴洛克建筑风格，沧桑的石材、钢材，传统与现代完美结合的城市面貌，这一切让我很惊讶！尤其是彬彬有礼的过往行人清晨都互相问候着"Morgen"（"早晨好！"的意思，说来也怪，好像只有在波恩陌生人是这样问候的），也给我留下了一个美好印象。由于文化的不同，我很诧异，但同时我也认为，走在干净的马路上与不相识的人问候，是高度文明的一个小小细节。我欣喜，我感动，我感叹！

三　初见汉克杰博士

在为数不多的我认识的德国人中，汉克杰博士是最有知识、最慈善、最友好、对中德文化发展贡献最大的人！

正如大家所知道的，汉克杰所从事的工作是帮助亚洲的学子们踏上德国求学之路。KAAD 帮助这些人完成其在德国的学业。这是人类伟大的事业：不求回报，无私地提供援助。

由于长年从事这样的工作，汉克杰博士验证了"相由心生"这句话。日积月累，挂在他脸上的是抹不去的责任、善良、厚重、严谨。他有着德国人特有的眼神：坚定、透明！逻辑、风趣、从容、包容是汉克杰做人的标准。他从不摆主人姿态，为人谦和，尊重各种肤色的人。

我很幸运，这个学习的机会没有与我擦肩而过，而是垂青于我。我成为受到 KAAD 资助深造的中国年轻画家。

从事艺术专业的人都知道，能到欧洲学习是多么重要。尤其是对从事油画的人，更是意义重大。初到欧洲经历了太多太多的"第一次"，变化发生在潜移默化中。比如，由于艺术教育体制的差异，我问出"我是谁"这样深刻探讨艺术风格与个性的话，竟是在到德国后不久！

我深知这个难得的学习机会是 KAAD，是汉克杰博士给予的，我们的相识可以说是从艺术开始的。

四　艺术与艺术家

艺术诞生于约束、死于自由，这是我出国前坚定的艺术信念。可到德国后，眼前的一切都不是原先知道、学习的那样。东西方艺术观念差别之大，使我两头都接不上，顺不起来。久久地不知所措，原来心里的"形"逐渐地不清晰了，虚了，观念含糊了……直到不会画，也不知怎么画了。有些方出问题了。首先是我的意识、视觉、审美乃至艺术出问题了。注重技术、技巧式的教学完全无法概括西方艺术！

20世纪90年代初的中国艺术，还没有开始从艺术的角度解读艺术，过于注重技术训练，忽略个性与风格结合才能产生艺术的问题。艺术本身的"大是大非"还没有进入我们的教学体制。所以面对早进入现代艺术的欧洲，需要很长时间的亲身经历方能心领神会！

庆幸的是我所在的纽伦堡城市，正是古典大师丢勒（Albrecht Dürer，1471—1528）的家乡。由于与故居距离不远，我会时常去"看望大师"，趁服务员不在时坐在大师曾坐的画架前的椅子上定定神，感悟大师曾经的心境，很开心，很兴奋！似乎沾了灵气，回到宿舍就动笔画，期盼画出与过去不同的画，希望进步就出现在今天。

一个天才艺术家的诞生，有时需要天意。正如意大利文艺复兴三杰一样，同时代造就这么多传世大艺术家，全凭天意！然而我渐渐地面对现实，面对美术时不再做大师梦，而是更加关注当下的美术动态以及个人的发展方向。因为我知道，自己不是承前启后的天才。

还是说说汉克杰博士，对在汉克杰身边学习的人，他总是家人似的关心。记得 KAAD 第一次年会，汉克杰博士就邀请了我和一个雕塑家合办了一个以放大的照片为主题的展览。与会的人很多，来自世界各地。由于展览，由于艺术，我们几乎没有距离地与所有人瞬间成了朋友。大家各谈各的见闻，话题风趣、亲切，很快，在无国界的艺术面前成了朋友，这让人难忘。

汉克杰博士总是不失时机地帮助我们每一个人。虽说他才年长我几岁，但他总有"家长"的感觉，当时我很依赖他。他非常希望我们能够成为有所作为的艺术家。直到今天，他依然关心着我的每一次艺术活动。

五　亲情

我特别想说说汉克杰博士的夫人周修纬女士，我称周女士都是用山东人的称呼：嫂子。

对于周修纬女士怎么称赞都不为过，因为她在自己的专业方面已是顶级的专家。记得曾与一个美国小提琴制造家会面，谈起周女士，他立刻肃然起敬，对周女士精湛、高超的专业水平，尤其是对其在音乐方面的天赋大加赞赏，可见其影响之深远。在中国更是如此，嫂子不仅是小提琴制造家，更是大师级的修复家。记得在嫂子工作室中就见过几把上百年的大师用过的小提琴正在修复中。

如果你有幸能去参观嫂子的工作室，一定会感到震撼！整个工作室的墙壁上，除去挂着漂亮的完成与未完成的小提琴外，还挂着世界级大师用过的需修复的名琴，而所有的制造修复工具多得类似一个小工厂，工作台及墙面上井井有条地摆放

（挂）着各种不锈钢工具，活像艺术品，整洁而有秩序。只要你看到眼前的这一切，就会读懂嫂子是一个多么逻辑清晰、思维严谨的人！精益求精是嫂子的工作态度。直到今天回忆起来，一切仍历历在目。嫂子是位值得敬佩的大师级人物。

最可贵的是她不仅在事业上取得辉煌成绩，在家庭方面也很突出。他们共同培养出两个优秀的儿子，目前都从事音乐方面的工作。像父母一样，他们也取得了可喜的成就。

嫂子是典型的上海人，更是典型的贤妻良母！她担负起照顾汉克杰博士及两个儿子的重任，不辞辛苦，笑对生活，是一个积极乐观的人。她把上海人的精细都带到了生活里，能做一手好菜。记得在德国第一个春节时，他们邀请了我们众多背井离乡的中国学子到家里庆祝春节，以减轻我们对家乡亲人的思念，她如母亲或大姐般使人感到温暖，我们欢聚一堂，度过了一个美好的春节。在异国他乡，这是何等的珍贵！

回忆起在德国三年的学习总有说不完的细节、谈不完的感受。我会以在艺术上的成就回报 KAAD 和汉克杰博士给予我的帮助，希望将来也能为中德文化建设做出应有的贡献。

盼望早日与汉克杰博士相见在德国或中国！

"上帝赐福之地"

——音乐乐土之旅

杨九华*

　　每次踏上德国的土地,都会被这里深邃的文化底蕴和怡人的艺术氛围所吸引。很有幸,我三次获得 KAAD 奖学金赴德学习、高访。1995 年,在汉克杰博士无微不至的关心下,我得以第一次到德国科隆音乐学院攻读硕士学位,顺利毕业后的我,即回国重返音乐讲台。2003 年、2011 年又两度得到 KAAD 和汉克杰博士的恩惠,回到科隆音乐学院撰写博士论文和进行高访。为什么我如此青睐科隆,每次都以这座城市作为我学习和生活的地方?那是因为,这里有高耸入云的科隆大教堂、有千年古老的文化、有世界一流的音乐学院,更重要的是和蔼可亲的汉克杰博士和他的家人就在离此不远的波恩,来这里我感到踏实,就像回家一样,一切都那么自然、那么亲切。

---

　　* 杨九华,1963 年出生,博士,硕士生导师,浙江音乐学院教授,小提琴教育家、演奏家,中国艺术硕士专业学位教指委音乐与舞蹈委员会委员,浙江省音乐与舞蹈教指委主任、小提琴专业委员会主任,浙江省高校教学名师、中青年学科带头人。毕业于上海音乐学院和德国科隆音乐学院。曾三次获得 KAAD 奖学金,并在德国科隆音乐学院攻读学位和进行高访。在西方音乐史、小提琴演奏与教学以及瓦格纳音乐研究等领域是中国具有影响力的中青年专家。

一晃近 20 年过去了，早先青壮年的汉克杰博士现已年届花甲，岁月成就了他更为完美和睿智的人生境界，而岁月也让我满头银丝。20 年在人的一生中仅有屈指可数的几回，流淌的岁月让我不禁有种追思过去的冲动，而感恩是我心中最强烈的念头。每当想起 KAAD，想起在德国学习生活的岁月，想起在汉克杰博士和夫人周修纬女士家中被视作亲人而受到款待的情景，内心都会涌动着一种难以言表的温情。是他们让我在异乡的生活变得不那么孤独，而是被幸福所怀抱着。

这 20 年的光景里，我时常想起曾经那一幕幕的感动，每每拾起便更加珍惜，也许用文字将记忆留下来是最能表达心声和最美好的。科隆、波恩的音乐生活以及汉克杰一家给予我的温暖，永远成为我心中最美最幸福最难忘的记忆。

科隆是一座很美的城市，两千年前，罗马人在莱茵河边修建了这座城市。从那时起，科隆就成为西欧的一个艺术之都，时至今日依然保留了许多罗马帝国时代的遗迹。第二次世界大战后，德国的首都设在小镇波恩。波恩与科隆几乎是一个连体城市，得天独厚的条件使科隆一跃成为一座现代化的大都市，成为德国的第四大城市，人口约 97 万。这里不但商业发达，文化气氛也非常浓郁，有生意兴隆的店铺、风格前卫的建筑、现代化的音乐厅和歌剧院、幽雅的艺术长廊、古老的大学，还有始建于 1248 年的著名宏伟的科隆大教堂……所有这些都构成了科隆最诱人的人文内涵。2002 年 6 月，联合国又把科隆与科普伦茨之间莱茵河中段的浪漫流域，列为世界文化保护遗产。沿河两岸有或隐或现的教堂尖顶、星星点点的小村庄、层层叠叠的葡萄园，在峡谷和山丘之上还有数不清的神秘的古宅古堡。难怪德国文人把这里视为他们梦中的乐园，歌德称这里为"上帝赐福之地"，剧作家克莱斯特则把这里说成"大自然的乐土"，大诗人海涅笔下那个幽怨而美丽的罗蕾崖上仙女的传说写的就是这里。这些传奇般动人的莱茵河文化，使科隆这一美丽的城市锦上添花，以至于在德国流传着"没有到过科隆就没有到过德国"的说法。

谈起莱茵河畔的音乐文化，著名的音乐小镇波恩脱颖而出，这里有贝多芬故居和舒曼纪念馆，同时，与波恩相连的科隆也让现代人刮目相看。耸立在莱茵河畔，科隆大教堂北面的一幢颇具现代风格的大楼，是创办于1858年的科隆音乐学院，它是德国最古老的音乐学院之一，也是当今欧洲最著名、最大的音乐学院，这里专业齐备，聚集了许多著名教授，成为所有音乐学子敬仰的地方。当你漫步在科隆大教堂东侧，瞭望莱茵河的美景时，科隆音乐厅可能不知不觉已被你发现，这座音乐厅虽不及柏林音乐厅那么有名，但是它新颖的建筑风格和现代化的视觉及声学效果，绝对胜过柏林音乐厅，其宽敞的休息厅会让你在中场休息时感到无比的舒畅。在科隆大教堂的西南方不远处坐落的歌剧院，虽然没有德累斯顿歌剧院那样古老而闻名遐迩，但是其超级现代化的舞台功能，是德国其他歌剧院所不可比拟的。

科隆的街头音乐，使你感到无时无刻不处在音乐之中，穿过大街小巷，街头艺人的音乐声不时地缭绕在你的耳际，有非洲朋友伴随着强烈节奏的笛声，有俄罗斯人用巴扬演奏的琴声，不经意间在一个角落里你还会看到有人用一排排酒杯，奏出犹如泉水般悠扬悦耳的声音，假如有幸你还会被街头传出的三角钢琴声而吸引……这是一种西方的音乐文化，这些人在街头演奏，并不像我们亚洲人所想象的那样，仅仅为了谋生，他们都是有一定专业水准的演奏者，我的一位欧洲同学曾经跟我说："我在街头上演奏，并不是向过路人讨钱，我穿戴整齐得体，是在展现我的艺术才华，锻炼我的艺术胆量。"的确如此，我曾经看到一位母亲把自己的孩子放在大街上来拉练习曲，其演奏并不动听，但作为对孩子艺术能力的培养，这也是一种很好的锻炼途径。在我看来，西方街头音乐的表现方式和他们的演奏目的，与国内衣衫褴褛的艺人以演奏来乞讨的方式存在着极大的反差。

在科隆音乐厅，人们天天可以聆听高水准的音乐会，常常有来自世界顶尖级音乐家和乐团的表演，如小提琴家穆特、大提琴家马友友、钢琴家布兰德尔，以及慕尼黑交响乐团、莱比锡交响乐团等。你可以听到20世纪作曲家瓦雷斯、亨德米特和巴托克的作品，也能欣赏到19世纪勃拉姆斯、柴可夫斯基、舒曼、马勒等作曲家的作品。这样的音乐会常常满座。德国人对古典音乐的钟情，已经融入他们的血液。尽管对于当今的年轻人来说，他们更乐于接受通俗音乐，但是几百年来的这种音乐熏陶，已经根深蒂固地成为他们挥之不去的母体文化。人们把坐在音乐厅里欣赏音乐会视作生活中一项很重要的内容，且为之感到荣耀，这象征着一种地位，也代表着文化修养的层次。现在人们还喜欢用音乐会的门票作为生日礼物来馈赠友人，我在欣赏穆特的音乐会时，身旁就坐着这样一位因友人赠予的生日礼物而来的听众。中场休息时，他的一席话不禁让我产生了另外的思索，他说："穆特的演奏固然好，但很多年轻的演奏家是未来之星，也演奏得非常好，然而他们并不如她卖座，如果这场音乐会的票不是别人送的，我不会自己掏钱买票来看，而更愿意买票去支持那些年轻的演奏家。"德国人的意识总让人惊讶，他们常常会闪烁出个人的灼见。

至于歌剧，夏季是观赏歌剧的黄金季节。年度夏季演出剧目册展示了科隆歌剧院一连串的演出剧目，供观众选择欣赏，让人眼花缭乱。其中，有巴洛克时期亨德尔的作品；有古典主义时期莫扎特和贝多芬的作品；还有浪漫主义音乐时期瓦格纳、罗西尼和约翰·施特劳斯的作品；时常还会有 20 世纪普朗克等的作品。每年演出剧目都是在广泛征求歌剧协会成员意见的基础上产生的，并且在来年的演出季度中，还将提供大约 50 部不同文化内涵的歌剧剧目。我曾观看了莫扎特的《园丁姑娘的爱》、多尼采蒂的《爱的甘醇》和罗西尼的《灰姑娘》等歌剧，这是目前上演得比较少的三部歌剧。演出很精彩，可以用"震撼"两个字来概括我的感受，不论从演员到乐队，从服装到音乐，还是从灯光到布景简直都让人叫绝，连我身旁的德国朋友都说太棒了、太美了。那确实是人力和财力的大投入，也让我真正体会到了歌剧与纯音乐之间的差别。其实看歌剧与看京剧一样，精彩的唱段会让人鼓掌，好的道白同样也会使人开怀大笑。三场看下来，我真切地体会到德国人的音乐修养如此之高，不论票价几何，场场满座。在科隆看歌剧，歌剧院并非你的唯一去处，有时在音乐学院、戏剧院甚至在街头都会有歌剧演出。

不仅如此，你还可以在每天的报纸上发现，这个城市中还有许多地方在演出着不同的戏剧节目，其中必有你钟情的内容。

德国歌剧事业普及程度是我国无法企及的，这朵神奇美丽的奇葩，处处散发着醉人的芳香。如果你走访了拜罗伊特，你就会发现，歌剧艺术是怎样深入德国民心的，许多大街小巷都是用瓦格纳歌剧中的人物命名的，有齐格弗里德街、沃坦街、布仑希尔德街……这不仅是瓦格纳乐剧成就的历史见证，同时，也反映了歌剧艺术对德国的影响，拜罗伊特瓦格纳音乐节之盛况，无不闪耀出德国歌剧艺术的辉煌。

在这儿学习、高访，虽然很疲劳，但也相当兴奋。清晨常常被鸟鸣和教堂的钟声唤醒，森林文化营造出来的那种深邃、甘美和宁静的气氛，还有那教堂和谐的钟声，这一切都不时地告诉我，又是一个黎明来到了，推开窗户，展现在眼前的是花鸟、草坪、森林、教堂，一派宜人景象，难怪从这乐土中走出了一代代音乐伟人：巴赫、亨德尔、格鲁克、贝多芬、威伯、舒曼、瓦格纳、勃拉姆斯、理查·施特劳斯、马勒……

当然，在这乐土之中也有我最好的良师益友汉克杰博士和他的妻子周修纬女士，他们慷慨无私地为德国的音乐文化事业贡献着自己的力量，也在巧妙的缘分中成就了我一生中最为美好的异国求学经历。汉克杰博士所给予我的财富不仅在学识方面，更多的是在高尚的品德、严谨的治学态度、谦逊的为人等方面，他将是我一生都引以为傲的榜样。花甲之年的汉克杰博士将迎来人生新的篇章，远在中国的我谨以此文表达对他的敬意和思念，希望他一切都好，万事如意。

心同野鹤与尘远

——我所认识的汉克杰

李雪涛*

一

2013 年 7~8 月，我在波恩大学做了两个月的访学，住的地方是我自己选的大学的国际招待所（Internationales Gästehaus der Universität Bonn），其地处波恩市西北地带的安德尼希（Endenich），据说这个地方从 1904 年开始成为波恩市的一个城区。

一开始我在那边订了一个一居室的公寓，在二层，窗外便是一个有着圆形穹顶的现代化建筑。后来散步经过的时候才知道，那里是 1972 年建立的马克斯·普朗克研究所射电天文研究分所（Max-Planck-Institut für Radioastronomie）。当时田野里

---

* 李雪涛，北京外国语大学教授、博士生导师，全球史研究院院长。1965年生于江苏徐州。德国波恩大学文学硕士、哲学博士。主要从事德国中国学、德国哲学以及中国佛教史的研究。近期的主要专著、编著、译著有《误解的对话——德国汉学家的中国记忆》（专著，2014）、《民国时期的德国汉学：文献与研究》（编著，2013）、《海德格尔与雅斯贝尔斯往复书简》（译著，2012）等，并发表有《论雅斯贝尔斯"轴心时代"观念的中国思想来源》等论文 150 余篇。

种的是大麦，还没有收割，我拍的照片中常常是夕阳西下的麦浪后面，掩映着被照得通红的射电天文研究分所的圆顶。家人来了之后，我才搬到了楼下的一个两居室的房子里去。

之所以选择这里，一个原因是招待所旁边就是空旷的田野，风景宜人，环境清幽。由于工作和生活的压力，在北京生活久了，人的身心都疲惫不堪，好像真的停不下来了。北京的星空常常被四周的建筑物切割得支离破碎，让人误以为是在毕加索（Pablo Ruiz Picasso，1881—1973）的画中，即便在没有雾霾的日子里，月亮也显得格外地小，好像想要跟你捉迷藏似的。李白（701—762）所邀的那轮明月，除了在诗中外，好像就只有在波恩可以寻得了。

以前留学的时候，我曾经到过这家大学的招待所，拜访过来大学访问的几位教授，觉得那里简直是世外桃源。就连招待所所在的那条街的名称——Steinweg（石径）也透着一股诗意：竹根一泉通，石径万木森（赵汝鐩《野谷诗稿》）。到那边才知道，安德尼希也是钢琴家罗伯特·舒曼（Robert Schumann，1810—1856）临终时住的地方。舒曼于1850年与夫人一起从德累斯顿搬到了杜塞尔多夫，任乐队指挥。由于精神错乱，1854年他曾一度投莱茵河自杀，被救起后送进波恩的一家精神病院。两年后的1856年，舒曼因晚期梅毒感染死于波恩。他的故居在马德琳大街（Magdalenenstraße），距离我住的招待所骑车也只有5分钟，舒曼生命的最后两年就是在那里度过的，现在那里成了一家音乐学会的所在地。1856年7月29日，舒曼在离他家很近的理查兹疯人院（Richarz'schen

Heilanstalt）去世，年仅 46 岁。

另一个原因，当然就是离 Heinrich 家很近。多年来 Heinrich 一直负责 KAAD 的亚洲事务，他有个中文名字汉克杰，好像不常用，我自己也觉得叫着生分。之前他们夫妇也一直张罗着帮我找房子，当我告诉他已经决定住在安德尼希的大学招待所之后，汉克杰便开始在邮件中称呼我为他的"Nachbar"（邻居）。是的，我骑车过去，经过两个路口、一处墓地，往右一拐就到了，不过几分钟的路程。这样我们便可以常常在他家中或他家的花园里喝酒聊天了。

有一天他们夫妇请我到家里吃饭，之前他夫人修纬已经向我透露那天是汉克杰 59 岁的生日。家里给他准备的礼物是一个三星手机，也就是说在 59 岁之前汉克杰从来没有碰过手机。在闲聊的时候，我提到，鉴于汉克杰为中德学术所做出的贡献，明年 60 岁的时候应当给他出版一本 Festschrift（纪念文集）。但他马上谢绝了，说他既不在大学里，也没有这么大的成就，不值得出。我知道这是谦虚之词，但也不愿意违他的意。不过我还是觉得，这 30 多年来，很多中国的留德学人应当感谢汉克杰和 KAAD，正是因为他们的帮助，这些留德学人才得以在德国接受专业的教育，同时也认识了世界。因此我们商量，计划出版一本中国的 KAAD 奖学金获得者讲述他们在德国生活、学习经历的散文集，作为对汉克杰的感谢。他欣然同意了这个方案，回国之后，我便开始着手准备工作。

这次的晚宴，除了各种啤酒和葡萄酒外，汉克杰还拿出了一瓶陈年的老白干。我们推杯换盏，从德国谈到中国，从古代说到今天，有时用德语，有时说中文，酒精使我们超越了所有语言的障碍。尽管如此，他还是没有忘记告诉我，这瓶酒是李泽厚过生日的时候，朋友送给他的，他珍藏到今天。远在欧洲，我特别感激他的那一份真诚，"珍重主人心，酒深情亦深"（韦庄《菩萨蛮》）。

2003 年 8 月初的一个礼拜天，我们一家跟汉克杰一家一起去莱茵河上坐了一回船，当时正好有"歌德号"游船首航 100 周年的纪念活动。我们先从波恩乘地区火车到了科布伦茨（Koblenz），再转一次车到了莱茵河畔的吕德斯海姆（Rüdelsheim）。小镇风景宜人，是典型的莱茵河中段的旅游城市。由于"河之阳"一面的山坡很适宜种植葡萄，所以到处是葡萄园，葡萄酒自然也成了当地的特产。小镇中特别有名的一条小巷子叫Drosselgasse（可以姑且译作"咽喉巷"），那里到处挤满了游客，人气极旺。我们在小巷庭院内的露天酒家吃的饭。两家子一大群人围坐在一棵大树下面的几张桌子旁，女士们要了果汁，我跟汉克杰当然要了这里产的白葡萄酒。一位老者在旁边一直不停地演奏着平缓的钢琴曲，Toni——汉克杰家的老大在科隆音乐学院学习钢琴演奏，所以觉得老者的演奏实在枯燥无趣。每次一曲结束时，他都会冲我们撇撇嘴，说实在的，我也觉得有些单调乏味，而汉克杰每次都会举起手来大声地鼓掌。莱茵地区不愧为莱茵地区，旁边的房子上刻着"Wein，Weib und Gesang"（"美酒、女人和歌唱"）的名言，汉克杰微笑着用手指给我们看，意思是这里真疯狂！这是典型的莱茵地区文化，是从马丁·路德（Martin Luther，1483—

1546）的一句诗而来的："Wer nicht liebt Wein，Weib，Gesang，der bleibt ein Narr sein Leben lang." 勉强翻译成中文的意思是：如果有谁不爱美酒、女人和歌唱，那他一辈子都是个愚氓！因此，如果有谁将路德理解为不食人间烟火的清教徒的话，那真是大错特错了。1869 年小约翰·施特劳斯（Johann Baptist Strauß，1825—1899）创作了《美酒、女人和歌唱圆舞曲》（*Wein，Weib und Gesang*，Walzer，Op. 333）。记得 2010 年由 86 岁的法国指挥家乔治·普莱特（Georges Prêtre，1924—）所担任指挥的维也纳新年音乐会，在上半场就以法国式的浪漫演绎了这段莱茵河传奇。

吕德斯海姆是典型的莱茵文化地区，莱茵谷地两面的山坡上到处都是葡萄园，餐厅和葡萄酒馆鳞次栉比。每年有 300 万游客，其中有很大一部分来自东亚。"咽喉巷"的尽头有一家葡萄酒专卖店竟然挂出一个中文的牌子："这里购买，在中国您自己的家中，舒适地享受美酒送货上门的服务。"真是不可思议。沿途有游客的地方，好像都有中国人在。凡是有汉字的地方，汉克杰都不会忘记指给我们看。

此地最有名的当然是"矮林纪念碑"（Niederwalddenkmal），其又名"日耳曼尼亚女神像"（Germaniadenkmal），就在吕德斯海姆附近莱茵河边的山上。1871 年普法战争胜利后德国完成统一，德意志爱国主义和民族主义的热忱空前高涨，于是需要找到一个相当于玛丽安（Marianne）之于法兰西，不列颠女神（Britannia）之于英国，或赫尔维蒂（Helvetia）之于瑞士的女神，于是德国人造出了这样一个属于日耳曼的女神——日耳曼尼亚。

为了让一直在大城市中生活的妻子和儿子近距离地接触葡萄园，我跟汉克杰商量步行爬上去。修纬和孩子们更愿意躲在咖啡馆里接着聊音乐，只有我们四个上去。那天天气出奇地好，万里无云，看着不是很远的女神像，我们还是走了将近半个小时才到。上面偶尔有游客下来，鼓励我们说，马上就到了。汉克杰常常停下来，在葡萄园旁采摘已经成熟的野生覆盆子（Himbeere）给我们吃，紫红色的一片，煞是壮观，味道很不错。到了勃拉姆兹小道（Brahmsweg）的时候，我们知道马上就要到了。据说当时作曲家勃拉姆兹（Johannes Brahms，1833—1897）夏天常常去威斯巴登（Wiesbaden）度假，而莱茵河中段是他必来散步的地方。到了山顶上，尽管身上的衣服全都湿透了，但还是有一种胜利的喜悦。站在高度为38米的日耳曼尼亚女神像前，每个人都显得很渺小，但往下眺望宛如一条银色丝带的莱茵河，有"一览莱茵小"的感觉。下山的时候我们坐了索道，在葡萄园上凌空眺望，着实过了一把瘾。

从吕德斯海姆我们上了"歌德号"，这是在100年前的1913年首航的所谓明轮汽船，可以载500名乘客。1996年经过彻底改造后，成为现在这艘舒适的双层客轮。轮船经过莱茵河中段最漂亮的名胜古迹，这里自19世纪以来就成为旅游胜地，一者由于自然形成的莱茵谷地变化万千，再者也由于这里丰富多彩的文化传统。轮船经过之处，有无数的古堡、断壁残垣，不禁令人萌发思古之忧愁。不久"歌德号"便经过了罗蕾莱（Loreley），这是莱茵河的转弯处，也是整个莱茵河最深和最窄的河段，以往这里险峻的山岩和湍急的河流常常使很多船老大遭难，于是出现了有关罗蕾莱神女的传说。传说在山上有位美若天仙的女妖罗蕾莱，她常常用动人美妙的歌喉诱惑在湍流中行驶的船只，使其被莱茵河吞噬……诗人海因里希·海涅（Heinrich Heine，1797—1856）曾写过很美的叙事诗《罗蕾莱》（*Die Loreley*）来吟唱这一段传说故事：

> 传闻旧低徊，我心何悒悒。
>
> 两峰隐夕阳，莱茵流不息。
>
> 峰际一美人，粲然金发明。
>
> 清歌时一曲，余音响入云。
>
> 凝听复凝望，舟子忘所向。
>
> 怪石耿中流，人与舟俱丧。

淦克超（1902—?）的译文，尽管跟原文有所出入，但所表达的意境和情调却跟原文别无二致。2002年这一段莱茵河成为联合国教科文组织的世界文化遗产。夫人们和孩子们都在"歌德号"的阴凉处喝香槟和冷饮，我跟汉克杰在甲板上晒着太阳，一边闲聊着，一边欣赏夏日莱茵的风光……在船上四个小时的时光很快就过去了，等我们再次回到波恩的时候，天已经黑了。

波恩是个仅有30万人口的小城市，自1999年首都搬往柏林后，这里一天比一天冷清、萧条。KAAD是一个小的基金会，小的好处是，每次我来波恩的时候，都有时间跟汉克杰私下接触。而这对其他的大的基金会来讲，几乎是不可能的。汉克杰也特别希望朋友们能有机会到波恩看他，跟他开怀畅饮。他本人特别乐意与人交往，一起喝酒、聊天，谈艺术，谈往事，而他最爱谈中国。每到此时，我都能感觉到汉克杰往往话锋犀利，逸兴横飞。汉克杰也是画家，在他创作的绘画作品中，我仿佛看到了他内心的一种孤寂。他常常通过自己的绘画退到纯粹的艺术世界之中去，从而在心灵深处保留一块真正的净土。

二

认识汉克杰可以追溯到 20 世纪 90 年代末，当时我在波恩大学汉学系读书，在波恩的日子除了上课之外，还常常参加一系列的讲座。顾彬（Wolfgang Kubin，1945—）担任汉学系主任的时候，邀请了美国、欧洲大陆、中国港澳台地区、中国大陆的学者到波恩去，在那里演讲。我接触到的就有：成中英、费乐仁（Lauren Pfister）、臧克和、刘小枫、汪晖等。当然也常常有用汉语写作的诗人到波恩参加朗诵会，包括郑愁予、北岛、梁秉钧、欧阳江河、王家新等，我也都参加过。几乎每次活动我都能看到一位头发灰白的学者，他每次都认真地听着，随和地点着头。直到有一次顾彬半开玩笑地向我介绍说，这是 KAAD 的"改革开放"先生，我才知道他就是汉克杰博士。之前我偶尔也会跟天主教的同学一起参加他们的学生会活动，常常听他们讲到这位基金会的汉克杰博士。

2001 年初我在顾彬教授那里做完了硕士学位论文之后，希望继续做博士学位论文。当时除了波恩外，我也希望能到汉堡大学的傅敏怡（Michael Friedrich）教授那里试试，因为他本人既做中国传统思想，也研究中国佛教。顾彬找到我，说："我很欣赏你的硕士学位论文，你还是留下来吧，我设法帮你申请到奖学金。"他说的奖学金是由州政府提供的可以从波恩大学直接申请的攻读博士学位的奖学金（Graduiertenförderungsgesetz Nordrhein-Westfalen）。由于当时已经认识了汉克杰，我同时也申请了 KAAD 的奖学金。结果我很幸运地收到了两份同意书。因为申请 KAAD 奖学金的人数比较多，我就在第一时间跟汉克杰通了电话，告诉他我已经获得了州政府的奖学金，让他考虑将 KAAD 的奖学金名额分配给其他的学生。汉克杰虽然觉得很可惜，但还是很礼貌地感谢了我。

之后我们常常在汉学系举办的活动上，偶尔也在朋友的聚会上见面。尽管当时我们的接触并不多，但每次见面都会谈到很多有意思的话题。因为我的博士学位论文是有关宋代僧人赞宁（919—1001）的，所以我也在比较宗教学系、日耳曼学系、印度学系辅修了一些其他的课程，这也使我们的谈话常常涉及很多方面。在学问方面汉克杰总是能给我一些有益的指导。

2004 年初我做完博士学位论文之后，有两位汉学家愿意接受我的论文，一位是波恩附近圣·奥古斯丁（Sankt Augustin）的华裔学志（*Monumenta Serica*）研究所的马雷凯（Roman Malek）教授，他希望能将我的论文放在"华裔学志丛书"（Monumenta Serica Monograph Series）中出版，另一位是苏黎世大学的汉学教授伽斯曼（Robert H. Gassmann），他希望将我的论文纳入他的"瑞士亚洲研究"（Schweizer Asiatische Studien／Etudes Asiatiques Suisses · Monographie）系列。我在询问了导师顾彬的意见后，决定将论文交给马雷凯教授出版。顾彬认为，"华裔学志丛书"更有影响。他说，出版了之后，很快就会有很多的书评。之后我决定用三个月的时间将论文修改完，交给出版社。由于州政府的奖学金当时已经结束了，我的生活有些捉襟见肘，所以就找到了汉克杰，将我的想法告诉了他。他耐心地听完我的叙述后，让我等他的通知。不久我便收到了他的信，KAAD 同意了我的申请，允许我在波恩再待上三个月来修改我的论文。尽管我按照出版社的要求改好了论文，但遗憾的是，马雷凯教授并没有遵守他的许诺。这篇论文一直到他 2011 年不幸中风之前也未能出版，后来代替他担任华裔学志研究所所长的魏思齐（Zbigniew Wesołowski）博士在他们拿到书稿八年后告诉我说，他觉得这本书过时了，"华裔学志"不会再出版了。好在汉堡的傅敏怡教授接受了这部书稿，此书将于近期作为"德国东亚研究"（Deutsche Ostasien-studien）系列之一出版。无论如何，我都感激汉克杰和 KAAD 曾经给予我的帮助。

2006 年的时候，我已经回国工作了两年。当时我所在的北京外国语大学海外汉学研究中心跟埃尔兰根—纽伦堡大学汉学系有一些合作。郎宓榭（Michael Lackner）教授希望我能在他那里工作半年。后来我通过汉克杰很顺利地申请到了 KAAD 的半年奖学金。这半年的时间，尽管我大部分是在埃尔兰根，但我也常常故地重游。每次从弗兰肯地区回莱茵地区，我都会提前通知汉克杰，如果有时间我们会一起吃顿饭，如果时间比较少的话，有时也去喝杯咖啡或啤酒。古板的德国人跟活泛的美国人不太一样，在美国可能第二次见面就可以互称名字了，我跟汉克杰认识了几年后，有一次在酒吧里，我们很郑重地握了握手：自此以后汉克杰才变成了 Heinrich，李博士也才成为了雪涛。

三

2007～2008 年我在杜塞尔多夫孔子学院任职，由于杜塞尔多夫与波恩距离不远，我跟汉克杰和他的家人常常能够见面。杜塞尔多夫孔子学院常常举办一些活动，我会通知在附近的对中国感兴趣或做相关研究的熟人或朋友，汉克杰一家当然在我们的名单中。

汉克杰的夫人周修纬女士是我国著名小提琴家、小提琴制作大师谭抒真（1907—2002）先生的高足，后来修纬来到了德国，继续她的小提琴制作学业，她本人也成为小提琴制作大师。在她的熏陶之下，两个儿子都在音乐方面颇有成就，大儿子 Toni 在科隆音乐学院学习钢琴演奏，小儿子 Jan 在巴伐利亚州的一家小提琴制作学校学习小提琴制作。由于汉克杰的姓"汉克杰"一词在德文中是"小提琴手"的意思，他与修纬结成伉俪之后，很多朋友都说他们真是天作之合，他这个中国的朋友也因此变成了中国的女婿。

2007 年夏天，一次在汉克杰家中闲聊时，修纬提到当年是她的恩师谭抒真先生 100 周年诞辰，她希望能在杜塞尔多夫孔子学院举办一次谭先生的生平图片展览，并举办一场音乐会。我回到杜塞尔多夫后就开始筹备，11 月份我们在 Graf-Adolf-Straße 63 专门展出了谭先生几十幅珍贵的照片，展现了谭先生为中国的小提琴事业不懈努力的一生，给前来观看的人留下了深刻的印象。修纬和汉克杰还专门为展览精心编写了一本德汉对照的目录。在目录中，汉克杰撰写了一篇《西方古典音乐在中国》的文章，尽管不长，但清楚地勾勒出了晚明以来西方音乐在中国的传播情况，这也为他后来撰写西方音乐在中国的专著奠定了基础。12 月初，我们在当时的杜塞尔多夫中国中心（Düsseldorf China Centre）的礼堂，专门举办了一场很有规模的音乐会。其间放映了 1979 年著名小提琴家斯特恩（Isaac Stern, 1920—2001）一家访华的纪录片《从毛泽东到莫扎特》（*From Mao to Mozart*, 1981），这部曾获得过第 77 届奥斯卡最佳专题类纪录片奖的片子，有多个谭教授的镜头。重温改革开放刚刚开始的这段记忆，斯特恩对中国和中国音乐的着迷，中国人对西方音乐的热切向往，让今天的观众惊叹不已，也偶尔会对当时中国人"匪夷所思"的举止开怀大笑。那时大街上走着的依旧是面庞清瘦、穿深蓝色毛制服的男女。此外，还播放了美国影片制作人绍耶尔（Walter Scheuer, 1922—2004）专门为谭抒真制作的纪录片《来自上海的绅士》（*The Gentleman From Shanghai*, 1999），片中展示了谭教授传奇的一生。谭教授的一生可谓近现代中国的写照：他经历了清朝的没落，民国的兴起，中日战争，国共内战，中华人民共和国的成立，历次的政治运动，一直到改革开放。绍耶尔的纪录片仿佛再现了一部近现代中国历史。除了播放两部片子之外，修纬和 Toni、Jan 一起用她自己制作的小提琴演奏了几首很有意思的曲子，既有西方的，也有中国的，每次都迎来观众们热烈的掌声。汉克杰做了一个内容丰富的有关谭抒真与西方音乐进入中国的报告。整个活动由于汉克杰的报告而显得厚重，有分量。

四

汉克杰为人热情，可能是因为他是巴伐利亚人。南方有阳光、温暖，因此相对于生活在潮湿阴冷地区的北方人，南方人常常热情好客，慷慨大度。2013 年 7 月下旬我在波恩的时候，奥地利莫扎特基金会邀请我去萨尔茨堡商谈有关翻译出版《莫扎特书信全集》的项目。因为汉克杰本人有着很好的西方音乐理论修养，事先我也向他请教了一些问题。在去奥地利之前的某天晚上，他突然来电话说，你应当来跟一个真正的巴伐利亚人见见面，之后就不会觉得奥地利人陌生了。那天晚上我们并没有谈多少莫扎特，倒是在他家的花园中喝了不少啤酒。之后想来，唯有感叹"十觞亦不醉，感子故意长"（杜甫《赠卫八处士》）了。

汉克杰生于蒂灵根（Dillingen），这一位于巴伐利亚州西南部，并与巴符州接壤的小镇，正处于美丽的多瑙河畔。那附近最大的城市是奥格斯堡（Augusburg），据说莫扎特（W. Amadeus Mozart，1756—1791）的父亲利奥波德·莫扎特

（Leopold Mozart，1719—1787）就是这个地方的人，当时奥格斯堡是神圣罗马帝国的自由城市，后来他去了帝国的另外一个城市萨尔斯堡（Salzburg），在那里娶妻生子，造就了人类最伟大的音乐天才。汉克杰所处的时代尽管东西方依然对峙，但帝国早已不复存在。他在慕尼黑大学学习过汉学、哲学、中国艺术和考古，作为中国思想史专家鲍吾刚（Wolfgang Bauer，1930—1997）的弟子，他以 20 世纪中国美学为题，研究了朱光潜、宗白华和李泽厚等著名的美学家的生平和思想，从而获得博士学位。在读博士期间，他获得德意志人民奖学金（Promotionsstipendiat der Studienstiftung des Deutschen Volkes），并到法兰克福大学读了一年的"自由绘画和艺术理论"专业，也为他后来的绘画兴趣打下了坚实的理论基础。博士毕业后他曾在一家德国大银行的外国部工作过一段时间，汉克杰书生本色，与政治或经济上的仕途有些格格不入，终于感到银行业不是他的归宿。1990 年开始，他到了 KAAD，出任基金会亚洲部的负责人，这一干就是 20 多年。

汉克杰的研究领域是中国美学、哲学，以及西方音乐在中国的接受等。在美学方面，他出版有他的博士学位论文《20世纪中国的哲学美学》[1] 以及专著《大直若屈——走向现代化的中国美学》[2]。在这两部书中，汉克杰除了向德语世界的读

---

[1]　Heinrich Geiger, *Philosophische Ästhetik im China des 20. Jahrhunderts*. Frankfurt a. M：Peter Lang GmbH，1987.

[2]　Heinrich Geiger, *Die große Geradheit gleicht der Krümmung. Chinesische Ästhetik auf ihrem Weg in die Moderne*. Freiburg/München：Verlag Karl Alber，2005.

者译介了 20 世纪中国最著名的美学家的观点和当代所取得的重大成就外，也对中国美学提出了一些自己的观点。他认为，康德对美学的贡献在于把美学提升到理论和实践的高度，或者说达到认知和道德的领域，李泽厚的著述也同样适用这一点。由于卜松山（Karl‑Heinz Pohl）教授的译介，李泽厚的几本专著都被翻译成了德文，在德国汉学界和美学界都产生过影响。汉克杰也认为，李泽厚在强调自然秩序和道德秩序的和谐上与康德基本保持一致。他很重视李泽厚所说的"美的直觉并不是一个单纯的生理学或心理学的概念"，认为在考察一个独立的人格时，应当把社会生命与文化教化作为一个整体来考虑。

2009 年汉克杰出版了他的《枝繁叶茂——西方古典音乐在中国》①，中文版也在 2013 年得以出版。在书中，汉克杰以图文并茂的形式，对自晚明以来的西方音乐在中国传播的历史做了系统的梳理。除了一般性的介绍外，他还选取了两位"典型"的人物来详细介绍：意大利遣使会传教士、宫廷乐师德理格（Teodorico Pedrini，1670—1746）和上文提到的谭抒真。汉克杰钩沉出很多一手的档案资料，为中西音乐交流史提供了新文献。汉克杰认为，所谓西方古典音乐绝不仅限于"白人"的文化空间，其普遍性基于世界上所有文化的相互作用。对于西方人来讲，研究传统中国音乐文化的特性，尊重这

---

① *Erblühende Zweige. Westliche klassische Musik in China.* Mainz：Schott，2009.
《枝繁叶茂——西方古典音乐在中国》，刘经树译，中央音乐学院出版社，2013。

些特性，才能在音乐领域达到各种文化相互的适应和渗透。通过对西方音乐在中国的接受情况的研究，汉克杰认为，西方古典音乐在中国，"在那里长在了有果实的土壤上"。他在题记中写道：所谓的枝繁叶茂，"不仅仅是为了观赏，更重要的是它象征着即使'被折断的枝'也能重现枝繁叶茂"。

此外，他对尼采（Friedrich Nietzsche，1844—1900）和李石岑（1892—1934）的研究，以及近年来他对《易经》的研究都有一些独到的见解。

在1995年撰写的《德国汉学家鲍吾刚》一文中，汉克杰认为鲍吾刚对中国的研究属于纯科学兴趣的研究："鲍吾刚就是第一种类型的一个风格独特的代表者。他的研究成果在公众中引起的广泛而巨大的反响，他在不同的兴趣群体之前富于生气的演讲都证明了，纯粹的科学性并不仅仅从属于书斋，而是更多地影响着社会，它在一个国际交流业已形成的现代世界中促进了理解基础的形成。"[①] 我想，这样的一个评价同样也可以用在他自己身上。

汉克杰不仅是美学和艺术方面的理论家，也是很好的画家。在我离开波恩的时候，他曾经送给我一幅他自己创作的水彩画。画面上，莱茵河畔波恩的秋日宁静而明朗，河边高大的树木有一半已经变成了金黄色，让人想到层林尽染的金秋时节，而莱茵河却像蓝天一样透明。汉克杰的创作是用模糊随意的块状水彩，像写意的水墨一样泼在纸上，只是错略地抹出了

---

① 《国际汉学》（第一期），商务印书馆，1995，第114～115页。

边界。这是他对莱茵河畔瞬间的印象和感受。每次看到这幅色彩斑斓的绘画，都会引起我对波恩生活的诸多回忆。

实际上，我对汉克杰所从事的美学和音乐方面的研究以及他的绘画创作，所知甚少。真正让我感动的是他的坦诚、友好。汉克杰没有在汉学系或某研究所工作，但他有机会参与向东亚、东南亚等地区的优秀学生颁发奖学金的决定，我以为这也是同样有意义的事情。同时，基金会也会因为他的正直和严谨而获益良多。

汉克杰待人总是非常诚恳的，对人关怀备至，这会让大部分背井离乡的留学生感到特别亲切。他对奖学金获得者的关心当然也会得到善意的回报。每年圣诞节和新年之际，汉克杰都收到很多从世界各地寄来的贺年卡，如果这个时候去他办公室拜访，总是能看到摆满一个办公桌的圣诞卡、贺年卡，简直像一个风格、颜色各异的卡片展览。每当这个时候，他总会自豪地一一展示给我，哪个奖学金获得者在哪里，连他们当时在德国的情形他也总是记得清清楚楚。在电子卡片流行的今天，我每年圣诞的时候，总会挑选几张卡片，写上我的祝福，其中一张必定是寄给汉克杰的。

汉克杰很少开车，他每天骑自行车去工作。波恩多雨，再加上常常风雨交加，骑起车来往往很不方便。但汉克杰却风雨无阻。有次我问他在这么冷的天骑自行车是不是太辛苦了，他若无其事地回答说，习惯了。我想，一者他的确有环保的意识，再者是因为他一直有着积极乐观的人生态度。

认识汉克杰的人，都会感受到他的微笑，每次说话前，他都会先笑一笑，这常常是孩子般的、发自内心的微笑。我一直觉得在他的性格中，有着苏轼"一蓑烟雨任平生"（《定风波》）的达观的处世态度。

与汉克杰一道倾听自然之美

夏可君*

> "在时间里扬弃时间，以绝对的存在变化，把多样性
> 与同一性协调起来。"
>
> ——席勒的《审美书简》，转引自汉克杰
> 《枝繁叶茂——西方古典音乐在中国》

遇到汉克杰博士，对于我，是一次机会，让我重新发现了中国文化的自然之美，让我有可能再一次以新的目光来看待中国文化的自然审美观。与汉克杰博士的相识，让我认识到，并非一个中国人生来就具有自我认识的优势，并非生长在这个文

---

* 夏可君，1969 年生，哲学家、艺术批评家。2001 年获武汉大学哲学博士学位，2003～2006 年留学德国佛莱堡大学（获 KAAD 奖学金）与法国斯特拉斯堡大学哲学系（获法国政府奖学金）。2007 年起任教于中国人民大学文学院。已经出版个人著作近十部，其中有：重要的个人文集《无余与感通》，当代艺术展览的《虚薄：杜尚与庄子》与《虚白：无维度与反向重构》，以山水画为新论域展开的哲学思考《平淡的哲学》，研究书法艺术的《书写的逸乐》，研究中国传统哲学的《庄子：幻像与生命》和《论语讲习录》以及《中庸的时间解释学》，诗歌研究《姿势的诗学》，研究当代西方哲学的《身体》。其研究试图以"余"的哲学概念，在古今中西之间，找到中国哲学走向世界的一条新的道路，并且在中国当代艺术提出"无维度"与"虚薄"的艺术等明确具体的理念。

化中就一定可以本能地认识这个文化的美，这不是想当然的，除非你对自身有着再一次的认知，除非你唤醒生命中潜藏的因素，即自然的内在性。

自然既是外在于我们的（自然并非要取悦我们，自然有其自在的独立性），也是内在于我们的（无论我们怎么进化，无论技术多么发达，我们的疲惫与死亡还是体现了自然的力量），如果我们不去激活我们自身内在的能量，自然就依然还是外在于我们的；但是，一旦我们深入我们生命的内在性，比我们自身更为内在的内在性——人类身体中难道不存在对于自然的记忆？如同本雅明所言的"无意记忆"与来自自然的"拟似能力"[①]（Lehre vom Ähnlichen）。

与汉克杰博士的相遇，让我对自然及其自然美有了新的认识。我深深记得，我在 2003 年参加了对于我来说最为重要的一个活动：台北"故宫博物院"的作品以"天子之宝"（Schätze der Himmelssöhne）的名义，在德国柏林老博物馆和波恩的联邦艺术展览馆巡回展览，KAAD 在汉克杰博士的强烈建议下，特意让我们这批留学生参观了 11 月来到波恩的这个难得一遇的展览，而且还与策展人做了直接交流，对于这个展览几十年的努力有了深切认知。当然还是展览的作品给了我这个中国大陆的人以新的觉醒：因为很多作品在大陆根本无法看到。对于我自己而言，最为重要的事情是，其中除了有大量青铜器作

---

① Walter Benjamin, *Gesammelte Schriften*. Vol. II, 1, Frankfurt am Main: Suhrkamp Verlag, 1977, pp. 204－210.

品，还有宋徽宗的书法，在参观展览时，我与一个德国女士围绕一幅山水画交流了很久，她大概是研究艺术史的，面对这幅山水画，我试着以各种词汇与理论向她解释这幅中国山水画的美妙之处，交谈很久之后，我却突然发现，作为一个对美学有着思考，对艺术史有些兴趣的中国文化人，我似乎对山水画并没有自认为的理解得那么深刻，我动用了全部的感受与语词（也动用了德语和英语），似乎依然无法传达出这幅作品的丰富意蕴。

这个打击，这次震惊，让我开始认真地研究中国山水画，如此日复一日的研究，才有了我后来写出《平淡的哲学》一书专门研究山水画的契机，也让我开始对中国文化的自然美进行重新思考，中国山水画"似与不似之间"的观看方式，难道不也是一种对自然的"拟似"（mimetische Metamorphosiere）态度吗？

可以说，没有这个机会，我不敢相信，我与中国山水画及其自然观的相遇，还将会延迟多久！当然没有汉克杰他个人对中国艺术与音乐的持久研究与理解，他就不会有心让我们这些留学生参观这个展览！这是美的喜爱与朋友的友爱，这双重的喜爱，这双重的文化与美好的机缘，才将我唤醒。

而这也是我们真正开始讨论中国艺术的开始，后来我们每次相遇都会讨论艺术问题，或者一道去美术馆看展览，或者我与他交流自己所做的当代艺术展览活动。也许汉克杰博士一直都不知道那次展览给我的触动有多么大，这是我内心在反复感谢他的。

一

中国文化与西方文化就历史效果而言，如果有着根本的不同，如果我们没有犯本质主义概括的错误，那就是面对"自然"的态度之不同。西方文化从古希腊开始，基本上是以技术和文化以及法则的方式对象化自然，自然是低级和感性的；而基督教文化则有着自然与超自然的区分，自然依然是低级的，有待于在恩典的秩序中获得位置；而到了近代，伽利略以及笛卡尔的物理学态度，在心身二元论与几何形的数学思维模式下，自然成为科学处理的对象。由此，可以说，自然（phusis，nature）在西方仅仅是在技术法则、创造论与理性思维的逻辑内才有低级的价值，其自身的地位与自在性，其独立的存在性，并没有得到真正思考。这也是为何到了浪漫派，对于自然才有所重视，在荷尔德林的神圣美丽的自然，在尼采的混沌以及非人与非神化的自然，在巴什拉的元素性诗意的自然，在阿多诺的"思辨自然主义"（spekulativer Naturalismus）与《审美理论》中对自然美的思考里，自然才恢复其本有的尊严，但依然还是过于主体的想象化，还不是"自然化的自然"或"自然的自然化"（如同海德格尔后期所强调的：Das Natürliche der Natur）。

但是，中国文化却一直尊重自然性的自然，当然中国文化也有着把自然类比化或模式化的本质主义，如同汉代《月令》图式的处理，也有待于反省与解构。但是在中国美学中，对自然的审美却保留了自然的自然性。

这也正是汉克杰博士思考的出发点，他在了不起的美学著作《大直若曲》中有着系统的思考，对自然美从时间与空间的纯粹理解上展开了自己独特的思考，尤其对艺术与生命的关系，以及与现代转化的关系给出了自己的理解。汉克杰认为："按照传统的中国式理解，艺术同样也因此是艺术，只是因为它虽然不是自然了，但也余留着从自然而来的踪迹。"① 艺术是类比意义上的自然，是以人为媒介的对自然分节的转译而已。那么，汉克杰对自然美的理解，一方面与康德的这个思考相通："自然是美的，如果它看上去同时像是艺术（zugleich als Kunst aussah）；而艺术只有当我们意识到它是艺术而在我们看来它却又像是自然（als Natur）时，才能被称为美的。"② 另一方面，也是中国美学的秘密，如同董其昌在《画禅室随笔》中所言："以蹊径之怪奇论，则画不如山水；以笔墨之精妙论，则山水决不如画。"我们在这里看到了某种相似性与类比，只是这个拟似性还有待思考，我们将在后面倾听这个自然的内在性，因为倾听也是一种内在性的敞开。

在这里的文章中，我主要是倾听汉克杰博士对倾听的倾听，对自然的倾听，对音乐的倾听，对自然之美的倾听。

二

其实，结识汉克杰博士，是一次真正倾听的开始，是对于美之倾听的开始。第一次看到汉克杰的名字，汉克杰不就是小

① Heinrich Geiger, *Die große Geradheit gleicht der Krümmung. Chinesische Ästhetik auf ihrem Weg in die Moderne.* K. Alber, 2005, p. 162.
② 康德：《判断力批判》，邓晓芒译，人民出版社，2004，第 149 页。

提琴手？我后来才知道他的家庭音乐氛围也很浓厚，尤其是他的太太周修纬女士还是来自中国上海的著名小提琴制作专家①，这难道不是巧合与机缘？也许这里有着东西方文化相互倾听的秘密！汉克杰的名字里是不是有着汉语思想，尤其是审美思想的秘密？

我一直在倾听汉克杰的德文、英文和中文，一直边倾听边阅读，尤其是我第一次读到他对一个中国古老故事的倾听，从他独特而敏感的耳朵中，我倾听到了一个中国文化已经遗忘的声音。

这个中国古老的故事即那个神奇的"虎溪三笑"。这个故事其实主要并不是在我们汉语自身传统中被传递的（虽然我们的画家也画过这样的场景，但是在思想的思考上似乎远没有展开），在日本的佛教艺术传统中反而更加盛传。但是让我开始关注这个故事的，是汉克杰的一篇文章②。

"虎溪三笑"说到了三个朋友，他们分别代表中国文化的儒释道三家，这个虚构的故事是这样的：据传说东晋时，东林寺主持慧远大师在寺院深居简出，"影不出山，迹不入俗"。他送客或散步，从不逾越寺门前的虎溪。如果过了虎溪，寺后山林中的老虎就会吼叫起来。有一次，诗人陶渊明和道士陆修

---

① 周修纬女士告诉我，"文化大革命"后她曾在上海音乐学院攻读"提琴制作"和"小提琴演奏"，后来在 20 世纪 80 年代留学于德国"国立提琴制作专科学院"，1986 年还荣获了"德国提琴制作大师"称号，而且听说他们的儿子也在钢琴演奏上有着非凡的天赋。这是生命的缘分，也是音乐的缘分。

② 汉克杰：《论中国文化史上的笑与传统中的庄严》，《中国文化》2002 年第 19、20 期合刊，第 90 ~ 96 页。

静来访，与慧远大师谈得投机，送行时不觉过了虎溪桥，直到后山的老虎发出警告的吼叫，三人才恍然大悟，相视大笑而别。

这个"虎溪三笑"的故事，反映了儒、释、道三家彼此争执以及相互交融的一面，为历代名士所欣赏。李白在《别东林寺僧》一诗中就写道："东林送客处，月出白猿啼，笑别庐山远，何烦过虎溪。"至今东林寺内的"三笑堂"和蹲伏在虎溪桥畔的石虎，都源自这则传说，宋代石恪亦曾绘《虎溪三笑图》，可惜已经失传，现图为1935年所刻。

三个朋友：代表佛教的慧远，诗人陶渊明（代表儒家）和道士陆修静。慧远后来在庐山的东林寺出家做了和尚，彻底委身于佛教的信仰，他对其他两个朋友发誓他将再也不愿意进入这个污秽的世界了，他要隐居在佛庙里，再也不会走出象征世外和世内之绝对差异、作为分界线的那个虎溪上的石桥一步了。他将固守这个区分！但有一天，当两个朋友一起去拜访他时，看到慧远正兴致颇高地在送别一位好朋友，在说笑之间，竟然不知不觉走过了那个标志绝对界限的石桥（或者是：三个朋友好久没有见面，这一次的畅谈中，不知不觉之间，慧远在送别时与两个朋友走过了石桥）。突然，慧远听到一声老虎的长啸，幡然醒悟自己走过了石桥，同时也看到了其他两位来拜访的朋友，于是三个朋友便一起大笑起来。

笑：这一个的笑，那一个的笑，老虎的啸（xiào）——也是笑（xiào）？如此多的笑！不同的笑！

这是来自自然——老虎不就是一个自然的动物——的教

导，只有自然可以教导人类，让人类从自身的区分与权利，乃至于从宗教的权威中摆脱出来！这是自然在教育我们倾听，以其拟似的声音（Onomatopoesie）①，默默地教化我们。这是一个更为内在的声音，一直被我们人类与神祇忽视了，却在自然环境中意外来临！

在这里，在倾听中，我们不得不说他们"笑得好"啊！"笑得好"可能是友爱契合的秘密呢！汉语古代思想的这个非喜剧式的"好笑"故事可谓意味深长！开怀的大笑甚至淹没了让人恐惧的老虎的长啸声，这是自然的教导！汉语思想产生的位置总是与大自然不可分离，那个虚怀的峡谷似乎融化了界限的区分法则，那共享的欢乐似乎可以填满整个空虚的山谷。一个如此谨守自己信念的生命在展现或暴露自己的快乐——也许不是自己的，而是与他人分享自己的快乐时，展示了信念本身的局限性和脆弱性，生命的意念还是在感性的生命中袒露开怀的。

这也是后来所谓的"一气三笑"、一气化掉争执的原型。

这让我想到在唯一神论和强调法则之哲学原则的西方传统中，在对开端之权力的争斗中，西方一直处于战争和与元争斗的威胁中。

我自己在德国与法国的留学岁月中，因为跟随法国哲学家让－吕克·南希（Jean-Luc Nancy）学习，他与德里达研究的

---

① 本雅明在"论模仿能力"的同样文本中，在他自己《柏林童年》的写作中大量运用了这个拟似性。

就是对基督教的解构，也试图消解唯一神论之间不可化解的冲突，"9·11"不就是基督教、犹太教与伊斯兰教三个唯一神论之间的冲突在当代最为直接的体现？但是如何化解呢？通过一笑？

这让我想到当代艺术家徐冰在英国泰特美术馆展览的获奖作品《何处惹尘埃》，通过套用六祖惠能的"本来无一物，何处惹尘埃"的禅语，来化解"9·11"暴力，以"9·11"废墟的灰尘撒成这句诗，以现存品和最为轻微之物，来化解最为沉重的悲思，确实有着一种四两拨千斤的妙思，有着前面"一气三笑"的意趣，但是另一方面，我们也看到这个做法似乎太轻易了。因为无论是西方的暴力冲突，还是神圣的暴力，都能够如此被轻易化解吗？或者说，我们通过这个"虎溪三笑"的故事，可以进一步扩展开来吗？

而我们自己的传统在协调儒教、道教和佛教的争执时，却是在这样一个"好笑"的故事中展开的。可能你甚至不知道它"好笑"在哪里，因为笑总是意外的，"好"也不属于某个道德的判断，你不可能知道"好之为好"，否则你就占据了"好"，失去了"好"，反而成为好笑的了！

这个三友之间的"笑话"还继续在回响，另一则故事据说与苏东坡（他写过"三笑图赞"）有关：相传苏东坡（儒）、黄鲁直（道）同赴金山寺访佛印和尚（释），访毕，出而同尝桃花醋，三人虽同食一物，而滋味各有不同，尝后皆蹙眉头，此乃图上所绘内容，与三教图同为三教融合之象征。又有以释迦牟尼、老子、孔子等三圣人为画中人物之图，图中亦由三圣人共尝一瓮醋，而三人所品各异，此类图像通称三圣图。——儒家以为酸，释教以为苦，道家以为甜。即，也可能"三人同笑不同心"！中国文化如何面对这个同笑不同心呢？

这个故事是说，苏东坡经常和信奉佛教（佛印和尚）和道教（黄鲁直）的朋友们争论。有一天在佛印那里饮了桃花醋，有大量的艺术图画来表现这个场景。其实它改编自"三酸"的典故，即有一天，释迦，孔子和老子聚集在一起饮酒。他们饮酒后，发现每个人尝到的味道都不一样，于是开始争论。他们争论不休，于是决定再度品尝，就在他们高兴地饮酒时，倏忽之间，他们发觉他们正在畅饮的美酒变成了醋：即变"酸"了，是"三酸"，三个人的味道都突然之间改变了。这个故事的名字就叫"三酸"。

而且，据说这时他们还在碗里看到了一只悠哉游着的瓢虫！呵呵，于是他们发觉他们的争论还没有那只瓢虫自在有趣呢，觉得自己的争论真是好笑。

庄子在《齐物论》中说："造适不及笑，献笑不及排，安排而去化。"——笑的爆发，也是化解生命郁结的过程。在我们的文化中，"笑"一直在隐秘地回响，尤其在当代中国艺术中（比如岳敏君等人的油画中），政治高压下的生命在那些油画上张着大口笑着！成群地笑着！一张张无法合拢的口，如同面具，笑着，笑着，似乎要吃人！那是生命变相的战栗！那是我们时代的怪脸！但是并不自然！因此仅仅是嘲讽，却没有自然的启示与启迪！

三

有一次，我和汉克杰博士在一座中国现代大城市的大院里，看到了一个奇异的景观：在一座不高的土丘上，巍然屹立着一棵大概有好几百年树龄的古树，古树扎在土壤中，树根却完全枯槁了，而且枯槁的树根完全暴露在外（可能这类树的树根就是如此生长的），因为在高处，袒露而枯竭的树根尤为醒目，但是，树叶和树枝却依然茂盛葱郁，硕大无比，两两对照，对比更加强烈。我们两人沉默地感叹着，好久没有言语，不约而同地认为——这棵树是中国这个古老文化的"化身"或"象征"。

如同我们这个古老的文明，虽然土壤或大地——源发事件的场域——还在隐秘地给予养分，但是树根或源头已经枯竭了——我们已经无法回到源头，无法进入经典的源初发生，当然，从经典派生的解释，或者是当下的发展，却蔚为大观。这里有着三重的错位：大地隐秘的养分—源头话语的枯竭—后发后续的勃兴。如果类比我们的文本解释，在急切吸收西方的"解释"中，我们的古代文本似乎依然有着活力，但是，可能无法改变源头枯竭的危难（回到"经典"的困难），而且，一旦大地的土壤被破坏，不再有养分供给——"源发危难的事件"被遗忘以及没有被反省，这棵树随时就有倒塌的危险。我们的解释或传释已经在嫁接、移植之中，但是我们是否充分反省了这些方法的后果和前提？我们的解释难道不是在复制或被西方思想所复制？虽然复制本身可能也是不可避免地要发生的。我们也在自觉和不自觉地拔根、植根，但是否思考了根源的枯竭以及去经历这个经典本身的枯竭？经典之为"书中之书"是否已经丧失了位置？也许承受这个失去的位置才是更加重要的。而超越经典与解释的模式，就意味着必须更加深入源发事件的土质（血气）之中，如果土壤已经贫瘠和荒芜了，大地已经荒漠化了，那么就去体验这个荒漠或枯竭的境况，就去彻底地变异自身的存在吧。

这棵老树的根基本上都已经腐烂，或者已经坏死，但枝叶却异常茂盛，甚至还在开出新芽。我们不禁反复思考，是否中国的文化就如同这棵老树，在根上真的还有生命吗？如果它太古老，几乎已经枯死，但为何在枯枝的尽头还有着绿芽冒出呢？是这个文化本身还具有生命力？还是它依然可以吸收营养？

这是对时间的吸纳吗？中国文化的自然性在于面对时间时，吸纳时间，同时也顺应时间的变化，这个变化的方式，也是中国文化无论在山水画、书法，还是音乐中，变化体现得最为明显的。

对文化生命力之顽强的感悟，对变化的敏感，对"根深叶茂"或"根枯也繁"之复杂感受，无疑也印证了汉克杰博士在自己一本关于音乐史的著作《枝繁叶茂——西方古典音乐在中国》中的思考。从标题上就可以看出，他对"根"与"叶"、"枝"与"叶"之间的关系，对文化的内在延续与外在的传递，对文化间性，在这个书中都有自己独特的理解，文化的嫁接与转换，所谓的中国性的音乐是如何变化的呢？在音乐领域又如何进行？西方音乐如何在中国生根，或者激发中国文化的灵性？

让我们再次跟随汉克杰的耳朵，倾听他的倾听，借用他敏锐的耳朵来倾听西方音乐与中国文化的弦外之音。

四

让我们集中于思考音乐的中国性的问题，明确这个问题，可以让我们清楚地认识到中国音乐与西方音乐的差异。在《枝繁叶茂——西方古典音乐在中国》一书中，汉克杰总结了音乐之中国性的四个基本规定。

第一个基本规定（Grundstimmung，德语这个词本身还隐含着基本音调与情调的意思）是，"音乐的'乐'（Musik）和快乐的'乐'（Freude）之间有着内在关系"[1]。即音乐应该是积极与快乐的，中国音乐表现人的全部情感，但更为激发积极性的善，与卑鄙无关。

汉克杰无疑准确抓住了"乐"这个汉字在语言上的奥秘，这也是在倾听上，在字形上的中国性？确实，作为所谓的乐感文化，中国文化一直有着世俗快乐的一面，也是所谓的俗乐性，因此没有西方文化的外在绝对超越，也缺乏西方古典音乐的纯粹性与宗教感，没有黑格尔所言的音乐的倾听要求最为纯粹的内在感官，中国音乐总是与肉身享受的感官相关，就是因为中国音乐与生命的快乐幸福，与世俗的享受，有着切身关

---

[1] 汉克杰：《枝繁叶茂——西方古典音乐在中国》，刘经树译，北京：中央音乐学院出版社，2013，第137页；Heinrich Geiger, *Erblühende Zweige*. SCHOTT, 2009. p. 178。

系，这也与中国音乐很多是民间地方性音乐有关，也更为靠近身体的血气与呼吸。

这也是前面为何"虎溪三笑"的相关故事中，老虎的啸激发了身体的笑声，却是在消解神圣宗教区分的背景中展开，有着身体的世俗性快感，但又有着奇妙的言外之意与启发性。

当代中国音乐的所谓中国性也是如此，缺乏精英与纯粹的音乐，更多是民族风与流行音乐。在这个意义上，我同意汉克杰的观点，西方古典音乐不应该被中国化，尽管西方古典音乐与资本主义，与西方宗教有着关系，但它有着普遍性，而且音乐之为纯粹的抽象形式，而西方古典音乐尤为如此，我认为，应该保留西方的这种抽象的普遍性，而不应该被中国化。

汉克杰反思了这种中国化的"折中主义"的缺陷，尽管有着游戏性，具有灵活性与能动性，却缺乏智慧①。而中国音乐虽然结合了乐理与快乐，还是有着智慧的，这也是汉克杰从

---

① 在书中，汉克杰写道："我认为，西方古典音乐在中国根本不应该成为中国的。不！不应假定她的民族烙印，而在与中国相遇中她成为普遍的。她应超越时空形成的界限，但未取消文化间的张力关系。在西方古典音乐的普遍精神里，这种关系应转变为艺术能量。"（《枝繁叶茂——西方古典音乐在中国》，第146页）。笔者同意这种观点，我们中国人在欣赏莫扎特与贝多芬的奏鸣曲时，并无必要把这些音乐作品中国化，我们依然可以深刻体会到它们的美感，心灵感受到震颤，并且化为生命中感受的一部分。这个普遍性的维度，这个他异性的维度，必须被保持住，西方文化也可以在我们的心上生根，并且开出花朵，哪怕是异样的，也是花朵。这是对汉克杰博士比喻的再次转化。

法国汉学家朱利安的《淡之颂》那里找到的共识，即让声音材质让位于由超越而深入的寂静①。

第二个基本规定是："作为现实形式，艺术作品是存在于时间的个性表现。"汉克杰再次准确抓住了这个根本的特征："尤其是现代中国音乐也处于感情和联想的引力圈，没有悠久的文学传统、与形象打交道历史，根本不能设想音乐。"即中国音乐要求音乐家和听众之间有着感情纽带，音乐团结着人，这是感情语言作为前提占着主导。

这也是汉克杰接受了李泽厚最为有影响的理论，中国文化是"情本体"的文化，不同于西方文化的爱感文化（古希腊的爱欲，基督教的圣爱，近代的友爱或兄弟情谊式博爱），这个"情"也很广泛：有着人类血缘的"亲情"（儒家为主）推达开来，天下一家，天下皆兄弟；有着道家的感通之情（"通情"），人与自然有着相互的感应，出现了诗意类比，但并非人类之情；有着佛教的"觉情"，即在成佛的觉悟中，断却烦恼，但同时还对世界有着救渡之情。因此，中国音乐，一方面有着嵇康的"声无哀乐"，另一方面，有着钟子期与伯牙的"知音共同体"，文人音乐，也综合了对自然的倾听与友爱的无声交流，古琴音乐的奥秘在于：并非炫耀音乐的技法与音乐的表现力，而是演奏者与听众都是倾听自然的"高山"与"流水"，因此，中国音乐的旋律感可以说无法与西方古典音

---

① 汉克杰：《枝繁叶茂——西方古典音乐在中国》，刘经树译，中央音乐学院出版社，2013，第 135 页；Heinrich Geiger, *Erblühende Zweige.* SCHOTT, 2009. p. 176。

乐复杂的对位和声对比，那是因为中国音乐，尤其是古琴曲，更多是回应自然的变化，有着指法的精确性与内心修炼的持久性，需要人对自然与人世有着深刻感应后，才可能在一首简单的乐曲中找到心灵的归宿与知音。

这也是汉克杰在自己著作的结尾处特意强调的："文人音乐存在于与声音对立的特殊诗学。一方面标题音乐最深地渗入感情；另一方面她超越了概念，是绝对的。"[①] 这个绝对性体现在虞山琴派的风格上——清、微、淡、远，这四个概念绝不仅仅是音乐的境界，也来自对自然的感悟，还是人生的态度。

对音乐的理解，一直要求我们以美的方式来理解美，以美的方式来表达美，这也是我在一次柏林召开的美学讨论会上，受到他的启发而提出的一个态度，其实，中国文化，对诗歌的解释一直都不是理论式的，而是以诗解诗，就是保持了以美的方式来理解美，以美的方式来传达美的感应，而古琴的交流也具有此特点，其实西方古典音乐又何尝不是如此？

但中国传统的"情本论"如何与西方的"爱本体"结合呢？20 世纪中国文化就处于一个混杂的情爱与爱情不分以及世俗与偶像崇拜混合的状态，"文化大革命"的歌曲，流行音乐的泛滥，都是如此。或者说，中国文化的情感需要在爱之中升华与提纯？而并不是结合？倾听西方古典音乐，有着这样的一个提纯与净化的作用？这一点还有待于今后进一步展开

---

① 汉克杰：《枝繁叶茂——西方古典音乐在中国》，刘经树译，中央音乐学院出版社，2013，第 148 页。

研究。

第三个基本规定是："中国艺术作品的概念是一种本身足够、未处于更高现实背后的美学体验。在最好的作品里，艺术作品本身就是最高现实。"[①] 即音乐完全遵守自己的方式，音乐的效应在于，音乐给人以享受，然后音乐也从中自己享受。

这个特征，其实在随后汉克杰转引李泽厚对中国美学的四个特征的总结中得到了具体说明，李泽厚认为，中国美学以"音乐为中心，是线性的艺术，是情与理之融合，是天人合一"。笔者认为，这些概括基本上正确，但并不准确，也有些笼统，中国文化并非以音乐为中心，因为《乐记》已经丧失，中国音乐，尽管有古琴之高妙，但过于私人化与精英化；而线性艺术，即指绘画的线描与书法，但中国书法与山水画并非线性的，仅仅用线性并不足以准确定位，而宁愿是书写性，如同德里达以书写性解构西方语音中心主义，在这个意义上，中国音乐，如古琴的指法记录方式，就是比较书写性的，因为强调指法的书写性及其滑动，也与西方的数学思维不同；而情与理的融合是有道理的，中国文化确实强调情本体，试图以情理来解决社会危机；至于"天人合一"之说也太泛，其实那是自然观，是一种变化的自然观，尤其是与时间性相关的自然观，这一点也是另一位现代美学家宗白华所发扬的，汉克杰对此异常熟悉。

当然，汉克杰在这里对李泽厚的接受，不是评价他的准确

---

① 汉克杰：《枝繁叶茂——西方古典音乐在中国》，刘经树译，中央音乐学院出版社，2013，第138页。

性，而是指出中国音乐在礼仪与音乐上的结合，所谓的礼乐文明，是把祭祀的仪式性与音乐性结合起来，因此，这也是把音乐的情感表达与社会的道德礼仪秩序结合起来，在这个意义上，更好地贯彻着"音乐是快乐"的命题。

五

在我们看来，重要的是第四个基本特征："自古以来，中国美学就把时间的本质（das Wesen der Zeit）视为美学体验总体的一个组成部分。时间在过去和各自当今之间的关联中移动。"汉克杰的这个理解可谓异常准确到位，抓住了中国音乐乃至整个中国美学的核心。

这也是汉克杰博士对时间本身的思考，也是他敏感地倾听到席勒在《审美书简》中所言的"在时间里扬弃时间，以绝对的存在变化，把多样性与同一性协调起来"。中国文化，中国艺术，也许最好地体现了这个时间的艺术。因为接纳了时间与变化，所以中国文化的自然模拟（mimicry），也是一种活化的拟似（mimetic metamorphosis），因为在自然的拟似中，蝴蝶模仿兰花，兰花模仿蝴蝶，不同于人类的模仿方式（mimesis），不同于人类的机械复制，即在于，自然的拟似有着相似性，但是也有着丰富的多样性，尤其在自然的循环与再生中，自然本身的拟似呈现微妙的变化，这也是为何中国艺术，山水画与书法，当然也包含中国音乐，更为富有游戏的特征，这也是中国文化所谓以审美代替了宗教的游戏性所导致的。

而在汉克杰敏感的理解中，中国人相信只有过去是有着活力的，中国永远在当今保持着过去，一直把过去萦绕于脑际。
而这个过去永不会完结，这个过去总是当今的，因为通过艺术
创作以及美学感知，过去总是可以被注入新的生命，中国文化
总是从过去吸取道德力。这也是为何中国艺术，尤其是山水画
与书法，一直追求高古、远古与奇古，也一直要追求骨重神寒
的意境的缘故！这还是要回到更早的自然、更早的早先，回到
一个在人类之前的自然，这也是古琴音乐的淡远意境，是指去
除了人为的技巧，追求高古的气息，而非某种风格化的程式操
作，追求这种非人为的自然性，因为自然是处于时间变化的自
然，尤其是体现过去的时间性。

这也是汉克杰自觉所认识到的音乐与变易的关系："中国
的理论家强调，音乐展开于时间、特点的关联域。他们基于一
切像《易经》那样有生命的系统，属于变化的认识，高度评
价音乐和舞蹈、书法和水墨画的线条艺术。音乐的振动、水墨
画的线条使人联想起《易经》的基本假设：生命始终在变化，
从一种状态变位另一种状态。"①

变易无疑也是与时间性相关的，也体现出一种不同的思维
方式。其中有着对存在的独特理解模式。因此，汉克杰势必开
始对《易经》给出一种全新的解释。在这个意义上，他势必
从一个汉学家走向一个哲学家的思考。这就有了《理解是一
种存在的模式：〈易经〉中的卦、象和辞》的论文，他在论文

---

① 汉克杰：《枝繁叶茂——西方古典音乐在中国》，刘经树译，中央音乐学
院出版社，2013，第139页。

中明确指出：《易经》源于一种宇宙范式，即以月相为历算依据的天文现象。由此形成了一种具有符号学性质的演化理论，宇宙与人世在结构上是可以相互比拟的，故这一理论可以运用到人世生活的方方面面，生活中的决策与行动，须与宇宙法则相互感应。由此，汉克杰提出《易经》的核心思想是关系的观念，包括天地、天人、日夜、男女等之间的关系。这是他受到皮尔士的符号理论的指导。

在研究最后，他独到地指出："《易经》的解释学表明，在中国文化中，经典文本对将来一代又一代的读者都葆有一种权威，文本本身就提供了一种在保持活力的传统中积极回应文化概念的存在方式：一个意义的连续体，处于一种真诚交流的模式之中。有鉴于现代中国震惊世界的飞速发展，我们或许会发现一个悖论。《易经》意味着中国社会一直在易变之中，可其中的悖论在于，作为中国最重要的古经之一，它反倒能为那些常常被认为是决裂于传统的行为提供依据。《易经》解释学教给我们一点，无论社会、政治、知识上的创新，都取决于传统自新的力量，取决于传统的活力与可解释性，不要忘了，还有传统的可反复解释性。"

在这个意义上，对时间性与变化性有着肯定的文化，应该能够找到更为自觉的更新力量，而且与传统的决裂，其实也是"变易"的要求，甚至是"变异"（相异于传统，而不仅仅是传统自身的变化），西方古典音乐在中国也应该具有一种变异的力量。

倾听西方音乐，也许我们可以学习某种新的变异能量。因此需要更为强调"非感性的相似性"（unsinnliche Ähnlichkeit）与符号性，西方音乐在这个方面更为丰富，或者说，《易经》在感性的诗意类比或感通与非感性的诗意类比或抽象结构上，还可以进一步解释，进一步展开区分以及可能的结合？这也是我们要与汉克杰一道继续倾听与思考的问题。

"我的心失落在海德堡"

——谨以此文恭贺汉克杰博士 60 寿辰并纪念中德人民友谊

顾卫民[*]

2013 年 11 月间，我忽然接到来自北京的李雪涛教授热忱的来信，他告诉我说，汉克杰博士的 60 寿辰即将来临，他有意出面组织曾经受到 KAAD 资助访问德国的中国学者出版一本论文集，以示祝贺。收到来信，我的内心十分感动，并引发我无尽的回忆和遐思。

我与汉克杰博士见面的机会不是很多，但他和 KAAD 基金会对于我的访学安排却改变了我对于人生和学术的许多想法，有许多内心的感受是刻骨铭心的。

---

[*] 顾卫民，男，1961 年 12 月出生。上海师范大学历史学教授，宗教史研究专家。主要研究方向在中国天主教历史和文献、基督教艺术等领域。1987～1998 年任教于上海教育学院历史系，1998～2001 年任教于华东师范大学历史系，2001～2006 年任教于上海大学历史系，2006 年调至上海师范大学哲学系从事宗教学专业的教学与科研工作。主要著作有《基督宗教传华全史图集》（台湾辅仁大学出版社，1995）、《基督教与近代中国社会》（上海人民出版社，1997）、《刚恒毅在中国》（意大利文版，〔意大利〕乌地纳帕度瓦出版社，1998）、《中国与罗马教廷关系史略》（东方出版社，2000）等。主持国家社会科学基金项目"中国与罗马教廷关系史"和"中国天主教通史"。曾获上海市第四届哲学社会科学优秀成果著作类三等奖和第五届哲学社会科学优秀成果论文类二等奖。

约 2005 年 11 月，我在北京的一次会议上认识了汉克杰博士。他告诉我 KAAD 的学术宗旨，我则赠送给他有关基督教艺术史的著作，大概是因为我们都是艺术史爱好者，只记得当时的谈话愉快轻松，我表示希望研究 16～17 世纪欧洲以外地区的基督教艺术史，他则觉得这是一个很好的研究方向。第二年春天，我的申请顺利通过。由于此次赴德国时间较长，基金会的资助是给我一人的，我并不愿意离开家庭独自前往，所以决定自费带太太和孩子一起来德国，经过一番麻烦的签证手续，全家终于得以成行。

一　大学和学问

众所周知，海德堡大学是德国最古老的大学。它的文科研究机构全部集中在旧城区。在德国著名的艺术史权威雷德侯教授（Prof. Lothar Ledderose）热忱的关心和帮助之下，我被安排在该校的东亚艺术史系访问，我于 2006 年 11 月 1 日到达海德堡，从此以后的近两年的时间里，我埋首在艺术史系和南亚研究所的图书馆之中，日复一日，过着单调、美好和富有意义的读书生活。

德国与欧洲其他国家一样，尊重本国的历史和文化传统。莱茵河的支流内卡河将海德堡的旧城区隔为两半，由一座老桥将两城区连接起来。海德堡与哥廷根两座大学城在第二次世界大战中基本上没有遭到破坏，至今保留着中世纪的风味。在河对岸山上的著名的哲学家小道上有一幅 15 世纪的铜版画，如果将它与我们俯瞰之下今天的海德堡相比对，可以发现从外观上城市的面貌基本上没有改变，每一幢建筑物都可以相对应地找到，只是用途不同而已。

不过，我最想向读者表达的，不是对于海德堡风景的描绘。我想借此机会向读者们谈一谈个人的一些学习心得以及我觉得应该向德国学者学习的地方。

（1）研究学问要从源头做起。因为我在艺术史系，所以以德国学者的艺术史研究为例。比如德国学者研究中国的佛教艺术，他们并不完全将眼光局限在中国境内的研究对象。他们对于印度犍陀罗、中亚细亚、东南亚的佛教艺术均有深入的了解。这样，就能够对佛教艺术传到中国以后发生的流变加以了解，才能够比较出其中的异同，分析出哪些成分是原来的，哪些是后来加上去的，以及这种嬗变的意义何在。德国学者注重历史源头的分析，我曾经长时间不了解巴洛克艺术与耶稣会艺术之间的关系并产生误解，在许多著名的艺术史书籍中，是将两者并称的，但是我心中一直存在疑惑，为此我专门请教雷德侯教授。他一针见血地指出：就时间顺序来说，巴洛克的艺术风格在前，耶稣会士则是很好地利用了巴洛克的风格，达到他们反对新教的反圣像立场以及自身传教的目的。同时，他要我去请教专攻欧洲艺术史的黑塞（Hessie）教授，他专门以图片的方式向我讲解了最初的几个巴洛克教堂，并提醒我巴洛克艺术大师贝尼尼的一名忏悔神父是耶稣会士。我记得在离开海德堡时向雷教授辞行的那天，他给了我几本有关中亚细亚历史的著作书目，要我仔细研读。我记得他语重心长地对我说，欧洲的历史和文化是重要的，但是欧洲与东方的中间环节也是重要的。

（2）多种学科知识的运用。德国学者在研究历史学和艺术史的时候，注意引入其他学科的知识，比如宗教学、人类学、文献学、考古学、铭文学、钱币学、印章学、地理学和编年学等各种方法，并且融会贯通，不露痕迹。这样就会使得对于事物的解释变得丰厚与踏实，给人以信赖的感觉。我记得有一次雷教授带领我们实地勘察海德堡的一间古老的圣彼得教堂，他详细地为我们讲解墙上圣像的象征意义，教堂里墓碑上的铭文的内容以及与当时时代的联系，知识分子墓碑上的铭文和一般宗教信徒的不同，还有当时各个家族的纹章以及这些纹章上面的图像背后的含义，并指出在各个不同历史阶段中这些家族的地位和作用。我会终身记得这次宝贵的学习机会。

（3）注意细节的剖析。在我学习和进修期间，我看了不少德国学者的历史学和艺术史著作的英译本。我发现这些著作有一个共同的特点就是在某些重要的细节上进行详细剖析。比如在描写一个历史人物的时候，他们会将这个人物分解成某几个层面加以分析，除了他的家族和生平以外，还专门讨论他的宗教感情及其形成的原因，他的某种癖好和心结，他与同时代的各种人物的关系，他对于某些特定的事物如朝圣、航海、建筑、疾病、男女性别以及书籍等的看法，其中每一个层面的剖析都十分深入，由此呈现出的是一个立体的人物。这些历史著作能够使有教养的人在阅读中获得乐趣。这种对于细节的描绘甚至体现在德国的儿童历史读物上面。比如在一本介绍城堡的儿童读物中就有这样一些例子：为什么会出现城堡，城堡的选址和类型以及设计，城堡有哪些防卫功能，谁会获得建造城堡的许可，如何建设城堡的胸墙、地面和屋顶，城堡的供水系统、房间、厨房、厕所和照明，哪些人生活在城堡中，城堡主人和妻子有哪些责任，城堡中人们的食物及其保存，城堡中人们的消遣方式，城堡争夺战中双方使用的武器，中世纪以后还有城堡吗，等等。可以想象，当一个孩子读完这本书以后，对于中世纪的城堡一定会有深刻的印象。

（4）理性主义的客观批判精神。虽然德国经历了第二次世界大战疯狂和非理性的悲剧，但是这不是德国历史的常态，理性主义才是德意志民族精神中的精华。当我阅读德国学者所写的教会史的时候，我发现他们的著作中对于教会历史以及人物的评价基本上没有受到他们的宗教信仰的影响，它们非但没有背离而是更深刻地体现了历史著作的一般原则。新教的历史学家能够以理解和同情的态度来研究教宗的历史，教宗们在他们的笔下成为一个个合乎人情和可以理解的人，他们也能够像罗耀拉等耶稣会士们那样具有纯真的宗教感情。在他们的历史著作中，很少谈论不可理解的神迹，也很少表现出作者自己所属的教会和宗派的立场。这些著作的重点，在于基督教会所产生以及教会活动受其左右的环境——历史中各种影响结合起来所形成的环境。在这些历史著作中，可以看到作者尽力把研究过去同当时的感情分别开来、尽可能描写历史事件的实际情况的努力。在阅读这些史著的时候，我常常想起兰克的两句名言："如果我们先选定一个观点，而后把它放到科学里去，那么，就是生活对于科学起作用，而不是科学对于生活起作用了。""任何倾向公正的历史学家，一定会感到并列相反的资料，使各方都得到其应有的权利的办法对于自己是有益的。"

二　儿童教育

我带着太太和孩子来德国的最初动机是不愿意一家人分离，由此给孩子带来了在德国接受教育的契机。这不仅使他学会了德语，而且使他在品德教育上终身受益。刚到海德堡不久，大学人事处一位和善的女士介绍我去内卡河边上的圣克里斯多夫幼稚园问一问。我清楚地记得，2006 年 12 月 7 日上午，那是一个阳光明媚的早上，我来到幼稚园的大门口，见到一位学生的母亲（后来我知道她的名字叫乌力克），她和善地将我引到幼稚园里面，院长不在，玛丽亚娜（Marianne Landes）老师接待了我，等了一会儿，院长买了蔬菜和面包回来。她看了大学的介绍信，与老师们稍做讨论，便答应接受孩子入学。当时万万没有想到，我的孩子荣光在这里一待就是两年。

（1）感情和友谊。德国幼稚园的班级并不按照年龄分班。一个班中有 3～6 岁的同学，小朋友活动时按照自己的兴趣和友谊，分组玩耍。这样，年龄较大的孩子就可以照顾和引导较小的孩子，由此培养了大孩子的责任心和爱心，由于孩子的交往是按照他们之间的兴趣爱好，所以容易培养起感情和友谊。我常常看到荣光和他最要好的伙伴努瓦坐在木滑梯中间的夹缝里促膝谈心。这样的友谊成为他们童年美好的甚至是终身的回忆。2010 年，荣光的班主任玛丽亚娜老师来上海探望我们，带来了当时全班小朋友的一份珍贵的礼物——在一张白纸上，每一位小朋友都粘上了海德堡山上的一块石头，并用各种颜色的笔写上了自己的名字。

（2）遵守纪律和诚实。幼稚园的教育虽然鼓励孩子活泼好动，但是也鼓励纪律和规矩的培养。老师做到言传身教。比如吃饭一事，我们从来没有看到有大人喂孩子的现象。荣光和所有的孩子一样，早上带饭（通常是几块黑面包、一个鸡蛋和几片黄瓜）。老师和小朋友坐在一起吃饭，孩子们看老师吃饭的样子，也学会了吃饭应有的礼仪。玩耍的时候活泼，集合的时候严肃。老师教给孩子做人的基本道理，比如如何将垃圾分成玻璃、纸张、食余和杂项四类，环境保护的意识深入每一个孩子幼小的心灵之中，这也是公民教育的第一步。我记得回国以后，有一次带荣光去看电影，进入影院以后发现只有三名观众，我们的电影票座位号在前面，我有意坐后面一点，但是孩子坚持对号入座。当时我心里感到很惭愧，这是德国人民对于他教育的结果（他至今仍然是一个遵守纪律的孩子）。

（3）儿童很少看电视，注重听力培养。德国幼稚园不鼓励小朋友看电视，更不鼓励孩子玩电脑和手机。老师认为，过多地让孩子沉迷于变幻花哨的图像反而会使孩子的想象力受到限制和"控制"，并不利于教育，特别是不利于想象力的培养。相反，他们经常为孩子朗读故事和童话，由此培养他们听和简单阅读的能力，因为书籍蕴含的力量是无穷无尽的。荣光至今仍然喜欢听故事（包括中文、英文和德文，使用最简单的录音机磁带即可）。他的德语和英语听力得到老师的表扬。不过，与其他不少中国小朋友一样，现在他也喜欢玩电子游戏。

（4）注重实践，教育来源于生活。海德堡是一座大学城。每天我送孩子上学以后，就到图书馆看书。几个小时以后，当我从图书馆走出来复印资料的时候，经常看到老师带着学生在老街上行走，荣光也在其中，老师带领他们参观古城的桥梁、市场、教堂、喷泉、商店和民居，给他们讲解历史建筑中隐含的故事、海德堡的历史、城堡上的雕刻表现的童话、教堂里面圣像的意义；在集市中，老师给他们讲解蔬菜和水果的种类、奶酪和肉肠的制作；在农场中，老师带领他们参观各种不同的动物，让孩子们有机会触摸马的鬃毛、牛的尾巴和猪的身体。老师还注重培养孩子的动手能力，引领孩子制作和烘烤面包以及饼干；等等。热爱自己生活的城市和国家是一种天然的感情而不是空洞的说教，神圣的意义是蕴含在非常具体的、可以触摸的事物中的，对于孩子来说尤其如此。

（5）老师的负责与爱心。玛丽亚娜是荣光最喜爱的班主任老师，也是我们全家终身的朋友。记得第一次见面的时候，她便与我谈到在中国的旅行。我们曾经观察她和其他老师的工作方法：在寒冬腊月，当孩子们在院子里玩耍的时候，她和其他老师都拿着干毛巾站在一边，一看到孩子出汗，就忙着为孩子擦汗，生怕他们因为感冒而生病。有一次她与另一位老师带领全班同学去她家里活动，同时邀请我们夫妇一同前往。到家以后，我随同她一起上楼取玩具，她的丈夫正与几位朋友一起饮酒，他要玛丽亚娜也饮一杯，玛丽亚娜说："我正在工作。"

在我们离开海德堡的前两天的那个傍晚，玛丽亚娜与她的丈夫开车带我们前往海德堡山上的城堡野餐，作为最后的话别。玛丽亚娜送给荣光一些德国的童话集和 CD 磁带，我已经不记得当时谈话的许多具体内容，只记得当时夕阳西下，周围的山峦和古堡笼罩着淡淡的红色的光晕。谈话的气氛是那样融洽愉快，并带有一点惜别的伤感。当天色渐晚，玛丽亚娜夫妇最后带着我们从城堡上俯视海德堡的全景，她牵着荣光的手，又为他讲了一遍城堡上雕刻的故事，我知道她想让荣光永远记住。

当我们在内卡河边最后告别的时候，她下车以后迅速地摸了一下荣光的脸，向孩子告别，然后转身就走。我们看到她的眼睛里充满了泪水，我们也是。

三 汉克杰博士的期望

汉克杰博士在波恩，我们全家住在海德堡，相距甚远。刚到德国后，我曾经去过一次波恩，那是 KAAD 全体访问学者的聚会，一直到 2008 年农历新年，我们才决定在访问科隆时再次探访在波恩的汉克杰博士，因为再过几个月，我们就要回国了，他和太太亲自来车站迎接我们。

博士的家充满中国的气氛。因为在农历新年期间，他的家门口还挂着红色的中国灯笼和对联。他的两个孩子都热爱音乐和中国文化，最爱吃的菜居然是博士的中国太太做的麻婆豆腐！这一天下午时分，博士和太太开车载我们全家前往莱茵河河谷，停车以后，我们一起前往沿河的山谷散步。我清楚地记得，博士夫妇带领我们全家走到一个高地，从那里可以看到莱茵河在落日余晖下的群山中间蜿蜒流过，两岸山坡上面的城堡和教堂隐约可见。此情此景，使我想起幼年所读的由傅雷先生翻译的罗曼·罗兰的小说《约翰·克里斯多夫》中描绘的莱茵河"江声浩荡，朦朦晓雾初开，皓皓旭日方升，钟声复起"的壮丽景观。远远的，我们可以看到沿着莱茵河的铁路上驶过的火车，听到那悠扬的鸣笛声，汉克杰博士指着远处森林中的一幢房子说，那是 KAAD 基金会开会的地方，顾教授访学德国的事情就是在那里决定的。

在博士与我的谈话中，他清楚地表达了一个意见：作为一名访问学者在德国的进修和学习是最好的经历，但是他并不认为作为中国人永远地留在外国就一定是最好的选择，一个人应该用学习到的有用的知识为自己的祖国和人民服务。

我个人认同博士的看法。我常常想，作为一名历史学家，我所有的历史研究工作都是为自己的祖国而服务的。因为中西文化之间需要在许多方面加以融汇与沟通，中国在最近的 30 年经济上的成就举世瞩目，但是国人在精神和思想上仍需要西方文化中的理性精神加以启蒙和引导。德国在哲学和史学中的理性主义就是很好的参考。同时，西方社会人士也应该认识到，今天中国社会存在的不足、问题以及取得的进步和成就都可以在历史和文化中找到原因。如果我们这些有过在外国学习经历的人还不愿意去做一些增进沟通和了解的事情，那么还有谁会去做呢？法国历史学家勒·高夫（Jacques Le Goff）在《圣路易》一书的中文版序言中指出：尽管东西方之间在相互了解方面存在一些困难，我们今天毕竟能够较好地认识对方的国家和历史了。"对于远隔万里的两个社会来说，今天确有必要相互了解，因为相互了解会导致宽容、多元化和对于历史记忆的和平比照，从而增进人类的财富。"

最后，我要再次借此文感谢汉克杰博士、KAAD基金会、雷德侯教授、玛丽亚娜老师以及所有在德国期间给予我们全家帮助、关心和爱护的德国人士，从他们身上，我个人在学术和人生观上面均受益匪浅，永生难忘。我还要感谢北京社科院宗教研究所任延黎教授和香港中文大学的温伟耀教授的热忱推荐，这是我得以成行的必要条件。"我的心失落在海德堡"是德国近代伟大的诗人歌德的名言，我以这句话作为本文的标题，来表达我的这份对于德国人民的感激之情。

我也要感激李雪涛教授，正是他的来信邀约，才促成了我写作这篇文章并由此引发对这一段往事的深切而美好的回忆。

德国访学拾遗

康志杰*

2013 年 10 月，我的《基督的新娘——中国天主教贞女研究》一书出版。该书资料的搜集、整理工作主要在德国华裔学志研究所访学时期完成。可以这么说，没有 KAAD 的支持，我就不可能到德国搜寻相关资料，也就不可能完成这部填补空白的学术著作。

拿到还散发着油墨香的新著，我所想的第一件事就是如何把这本新著送到 KAAD 亚洲部负责人汉克杰博士手中①，如何诚挚地表达我的谢意。我打开电脑，准备撰写电子邮件，却意外收到李雪涛教授的信函，他邀请受到 KAAD 资助的学者撰写在德国的感受，以此作为对汉克杰博士任职期间的回报与感谢。

---

* 康志杰，女，锡伯族，1973 年参加工作，1988 年于华中师范大学获硕士学位，现为湖北大学政治系教授，研究方向为中国天主教历史，代表作有：《基督的新娘——中国天主教贞女研究》（中国社会科学出版社，2013）、《鄂西北磨盘山天主教社区研究》（意大利利玛窦研究中心、香港原道交流学会，2013），另发表论文百余篇。2008 年 7 月至 2009 年 7 月和 2010 年 6～9 月，两次获德国 KAAD 资助在德国华裔学志研究所进行学术研究。

① 《基督的新娘——中国天主教贞女研究》一书已托德国中国中心的翁嘉琳小姐转交给汉克杰博士，在此对翁小姐表示感谢。

　　我于 2008 年夏到德国的华裔学志研究所做访问学者，历时一年。归国后，在德国生活的点点滴滴常常萦绕于心，曾想写点什么，因为那毕竟是一段不寻常的人生记录，但回国后因种种琐事将这段心愿搁置起来，又因为疏懒，不得不给自己找一个借口——还是让这段生活封存在自己的记忆中吧，闲时自己品味，也是一种人生享受。

　　看来，是雪涛教授的邮件提醒了我，我还是应该打开记忆的"储存罐"，把记忆变成文字，因顾虑流水账式的文字可能过于拉杂，故将本文分为几个部分，与朋友共享之。

一　在语言学校过生日

　　我于 2008 年 7 月中旬抵达德国波恩，根据 KAAD 的安排，我需要到语言学校学习一段时间的德语，但到学校之后，才发现学校已开课一段时间了。

　　由于缺课，老师讲的德语一句都听不懂，看着全是德文的课本，心里发怵，一到老师提问，我就问旁边的墨西哥同学 Joseph：What's meaning, English？Joseph 是全班学习最好的，他用英语解答我的疑惑，我再用德语回答老师的提问。用这种方法，我吃力地一步步地学习德语课程。

　　语言班就我一个中国人，同学们来自不同国家：两位修女 Angela 和 Mary 来自秘鲁，她们穿着端庄雅致的会服，是全班一道亮丽的风景线；Paskalis 来自印度尼西亚，语言班结束之后将赴慕尼黑大学攻读哲学；Kingston 和 Lyriac 是印度神父，他们将赴罗马学习神学和影视艺术；Stephen 来自肯尼亚，是四个孩子的父亲；帅气 Abate 是埃塞俄比亚人，家有两个孩子，妻子在一家银行工作。

Stephen 和 Abate 是好朋友，相约一起到德国，目标是在德国获得经济学博士学位；Fabian 来自巴拉圭，坐我的左边，因为超胖，常常侵占我的领地；全班最年轻的同学是来自乌干达的 Victoria，一位漂亮的非洲姑娘，她常把卷发用发胶整理成一绺一绺，然后用发带束起，别有韵味。

一日上课，同学们依次用德语表述月、日的用法，老师依次提问，每位同学表述的都不一样。我想，同学们表述的时间一定有特定的意义：是每个国家的国庆日？不像。是抵达德国的日子？也不像。轮到我回答问题了，我有点不知所措，突然想起来，应该是每个人的生日。我顺利说出我应该回答的问题：8 月 10 日。全班同学，包括老师都欢呼起来，因为过两天就是我的生日。

8 月 10 日到了，清晨我到教室，发现两位修女已经在黑板上写上"生日快乐"几个大字，还用彩笔画了各种图画。同学们陆续走进教室，每人用他们的母语表达对我的祝福，这下可热闹了，黑板上除了德语——我们正在学习的语言，还有印地语、西班牙语、印度尼西亚语、乌干达语、埃塞俄比亚语，肯尼亚同学 Stephen 用英语表达祝福，因为他们的国家没有自己的语言。Stephen 是位细心人，专门买来巧克力送给我，我当即打开，送给每一位同学，还有老师，与大家一起分享我生日的甜蜜与快乐。

在语言班学习期间，与其说是学习德语，不如说是了解不同国家的文化。Lyriac 是一位稳重、和善的印度神父，我与他聊起印度的宗教，他告诉我，天主教在印度占很小的比重，然后把印度各宗教的情况如数家珍般地告诉我，甚至各宗教所占的百分比，他都弄得清清楚楚；Paskalis 对我说，印度尼西亚的伊斯兰教势力很大，如果你是天主教徒，最好不要说，否则——然后做了一个很优雅的被"镇压"的动作。Paskalis 用肢体语言传达一种信息：在他们国家，如果发生宗教争端，天主教常常处于劣势①。Mary 修女喜欢问我问题，比如中国有没有像她们那样的修女，我说有，而且还有很多修女也叫 Mary。

课间休息是来自不同国家同学交流的好机会，因为下午 1 点课程才结束，所以课间休息也是吃东西的时间。Fabian 几乎每个课间休息时都要请我吃 Bonbon，中文发音"蹦蹦"，是一种装在漂亮盒子中的糖果，我从 Fabian 那里学的这个德语单词，终生不忘。Abate 最喜欢拿出他的全家照给同学们看，我夸他的太太漂亮，让这位埃塞俄比亚的小伙子非常得意。

我在语言班待了大约两个月时间，分手时大家真有点依依不舍，老师彼得请大家喝咖啡，Joseph 把带来的墨西哥手工艺品分送给每一位同学，我得到一副印有墨西哥国旗图案的手镯，至今仍像宝贝一样珍藏着。

二 参加社区的圣马丁节

语言班学习结束后，我到华裔学志研究所做研究。一天，

---

① 印度尼西亚国民中 88% 信仰伊斯兰教，是世界上穆斯林人口最多的国家，天主教徒仅占 3%，其他宗教信仰有佛教、印度教、基督教新教等。

正值工作时间，突然听到研究所的负责人马雷凯（Dr. Roman Malek）神父喊我："康教授在吗？"马神父是大嗓门，也是急脾气，我赶紧迎出。马神父把一牛皮纸包塞给我，说："给你的，面包。"后来我才知道，这天是圣马丁节，教堂要制作专门的面包以示庆贺。

马丁原是罗马士兵，受洗后成为一名僧侣，据说为人友善，生活俭朴。最有名的传说是他在途中遭遇暴风雪，见到一位生命垂危的乞丐，他毫不犹豫地将自己的大衣撕成两片，救助这位濒临死亡的人，也就在那个夜晚，马丁梦到了耶稣，耶稣身上穿的，正是马丁送给乞丐的那半边大衣。

马丁因为爱德被教会封为圣人，此后每年的 11 月 11 日是圣马丁节，也是信仰天主教国家的重要节日。

马神父送给我的面包引起我对圣马丁节的兴趣，华裔学志的顾孝勇神父（Piotra Adamek）是位热心人，他在网上查到附近社区有庆祝圣马丁节的活动，问我是否有兴趣，我立即应允。

大约晚餐时分，我和华裔学志的几位朋友到了这个社区。11 月的德国已经有了几分寒气，天黑得早，因而社区教堂大门前的篝火显得特别亮，一位身着红色战袍、手持利剑的魁梧男子，气宇轩昂地在篝火旁走来走去，他就是"圣马丁"。孩子们充满敬意地仰望着这位远古的英雄，也有调皮的男孩子尝试着触摸圣马丁手中的宝剑，或者小心翼翼地拉拉圣马丁战袍的一角。

社区的人们从各自家中走出，慢慢向篝火聚拢，向教堂聚拢。男女老少手中拿着各式各样的灯笼,透过灯笼的亮光,可以看到灯笼上面一行行的文字,那是赞美圣马丁的诗歌。大家齐声唱着动听的歌曲,颂扬圣马丁的动人事迹,用这种特有的方式缅怀教会历史上的这位圣人。

夜色越来越浓,寒气越来越重,唱着赞美诗的人们开始慢慢步入教堂。教堂内的长条餐桌上,摆满了丰盛的食物,纪念圣马丁的篝火表演之后,全体社区成员在教堂内共进晚餐,看着红袍骑士的表演,看到手持灯笼的男女老少动情地唱着赞美诗,我突然发现,这个民族的宗教节日融入了诸多的道德内容,他们非常自然地将一个传奇演绎成动人的道德故事,由此浇灌儿童的幼小心灵。整个节日的庆典仪式其实非常简单,但这种宗教性的道德教育,比生硬的说教更生动,更能打动人心。节日年复一年的循环,它最终释放出一种持久的"爱"的理念,并传递给后人,这种理念最终扎根于孩子的心灵——这就是爱你的邻人,爱最小的兄弟,因为耶稣在那里。

三 在华裔学志研究所

我在德国访学的单位是华裔学志研究所(Monumenta Serica Institute),其位于波恩郊区的圣奥古斯丁。华裔学志研究所是欧洲著名的汉学研究机构,其研究宗旨是积极推动关于中国问题的研究,加强中西方汉学家之家的沟通与对话。中心不仅出版期刊《华裔学志》(*Monumenta Serica*),还出版有关中西文化交流方面的学术专著,并不定期举办各类学术会议和学术讲座。中心的图书馆在欧洲颇有盛名,藏有丰富的中国古代文献以及大量的西文文献，不仅德国，而且欧洲各大学汉学系的学者也常光顾中心查阅资料，进行学术研究。

在圣奥古斯丁，除了华裔学志图书馆有丰富藏书外，毗邻的圣言会传教学研究所（Steyler Missionswissenschaftliches Institut e. V.）也收藏有关于天主教方面的珍贵文献，我关于贞女研究的一些珍贵照片，就是在这家图书馆里发现的。

华裔学志的负责人马雷凯教授是一位工作狂，如果他进了办公室，那么其他人甭想休息。夜深人静时，整个圣奥古斯丁一带只有华裔学志的办公室依然灯火通明，受此氛围的影响，我也加入了这种"疯狂"，近年来在天主教研究方面所取得的一点成果，应该说与华裔学志访学期间的积累有一定的关系。可惜的是，马雷凯教授由于劳累过度，病倒了，直到现在还没有完全康复，我衷心希望他能慢慢好起来，再次投入他心爱的汉学研究工作①。

华裔学志的朋友中，不仅有尊敬的马雷凯教授，也有我的好朋友顾孝勇博士，不过大家亲切地叫他 Piotra（波兰语"彼得"，中文发音为"飘特"），如果马教授找 Piotra 有事，一时没有看到，就要找我发问："你的师傅呢？"Piotra 是我的师傅，因为他不仅在语言上帮助我，而且给我起了德语名字——Monika。

刚到华裔学志，Piotra 说，你的中文名德语发音很困难，

---

① 马雷凯教授大约在 2011 年 4 月中旬中风，半身瘫痪，已不能正常工作。经过治疗、恢复，基本上可以交流。华裔学志现在的负责人是魏思齐（Zbigniew Wesołowsk）教授。

我这才知道，在语言班，全班同学都直呼其名，唯有我，只称姓，连老师上课点名也是这样。但取什么德语名呢，我还得请Piotra帮助。Piotra说，我给你取一个德语名字，但你要举行一个仪式。我立马答应："我请你吃饺子。"我清楚，Piotra喜爱中国菜，特别爱吃中国饺子。

在规定的日子，我们依照约定举行了仪式，Piotra送来了礼物——那是一个印有欧盟标志的汽车牌，上面赫然印着我的洋名字——Monika。我自然像宝贝一样地把珍贵的汽车牌带回中国，此外还有印有Monika的餐具——杯子、碟子及碗，这些都是Piotra送给我的"纪念"，虽然离开华裔学志好几年了，但一见到这些物品，我就想起了在德国的那些日子。思念与记忆不会因为岁月的流逝而泯灭，因为它已经深深地镌刻在我的心灵之中。

四　绪余

在德国的日子，值得回忆的内容太多太多，这些沉甸甸的回忆，有思念，也有回味。德国人严谨、守时、认真、规矩、礼貌，历史铸就了这个民族特有的性格；每年的11月11日11时是德国狂欢节（主要在天主教地区）的开始，直到第二年的2月底才落下帷幕，这一时段，一些城市和小镇要举办各类活动，平日看起来不苟言笑的德国人也要疯狂一把；由于德国人的主要宗教信仰是基督宗教，由教会开办的各类慈善事业很多，我曾经在圣奥古斯丁参加过专门资助中国孤儿的慈善音乐会，音乐会所得经费全部送给中国孤儿。

在本文快要结束的时候，我想说说汉克杰博士。

2005 年秋，我在北京的学术会议上认识了汉克杰，第一印象是他充满活力，中等个，精神气爽。以后熟悉了，才知道与我同庚，属马，也喜欢马。

汉克杰的名字"Geiger"在德语中是小提琴手的意思，这是在人民大学担任教授的雷立柏（Leopold Leeb）告诉我的。他还告诉我，汉克杰的太太是中国人，是优秀的小提琴演奏家。我作为观众曾欣赏过有汉克杰太太演出的音乐会，音乐会规模不大，地点在波恩大学的一个小教堂内，但演出非常精彩。丈夫叫小提琴手，妻子演奏小提琴，按照中国文化的理解，这是一种"缘分"。我衷心地祝愿汉克杰全家幸福、美满。

蒂宾根访学记

张　旭[*]

2013 年年底收到汉克杰博士的邮件，说他今年就年满 60 即将退休了，而在我印象中汉克杰还很年轻，可能是我的印象还一直停留在七年前第一次见到他时，他给我留下的文质彬彬、风度翩翩的印象吧。不久前还读到他发表在《中国哲学前沿》（*Frontiers of Philosophy in China*，Vol. 8，2013）上的一篇精彩论文 "Sign, Image and Language in *The Book of Changes (Yijing)*"（论《易经》的卦、象、辞），论及《易经》的解释学及其与《文心雕龙》的关系，读来颇长见识。我没有读过他的《二十世纪中国哲学美学》（*Philosophische Ästhetik im China des 20 Jahrhunderts*，1987），但是汉克杰在文艺和美学方面的博学从他的音乐美学研究中可见一斑，那是一个非专业人员望而生畏的领域，足以证明汉克杰在音乐方面的文化修养。我们还知道，汉克杰的中国夫人也有极深的音乐造诣。我在波

---

[*] 张旭，生于 1971 年，黑龙江人，1999 年毕业于北京大学外国哲学研究所，获博士学位，2005 年起任中国人民大学外国哲学教研室副教授，兼任中国人民大学基督教文化研究所研究员，主要研究领域为德国哲学和基督教神学，主要著作有《卡尔·巴特神学研究》（2005）与《上帝死了，神学何为？——二十世纪基督教神学基本问题》（2010）。2008 年受 KAAD 资助在德国进行为期 15 个月的访学。

恩时，汉克杰夫妇还邀请过我这个巴赫迷去贝多芬音乐厅聆听了一场由波恩贝多芬交响乐团演出的贝多芬第八交响曲。在贝多芬家乡听一场贝多芬的交响乐，那是十分难忘的经历。

我第一次见到汉克杰是 2007 年 5 月在我任职的中国人民大学，当时我作为 KAAD 奖学金的申请者接受他的约见，他当时是 KAAD 亚洲部主任。作为国内基督教神学思想的青年研究学者，我当时出版了一本论 20 世纪基督教神学教父卡尔·巴特（Karl Barth）的著作（《巴特神学研究》，2005），并正着手进行朋霍费尔（Dietrich Bonhoeffer）的系统研究。本来我博士论文研究的是德国哲学家海德格尔（Martin Heidegger），但他介入纳粹事件一直深深地困扰着我，令我一时无法继续从事对他的哲学研究，而朋霍费尔抵抗纳粹事件则激励我去探究德国虚无主义时代中基督教神学中何以幸存一点令人慰藉的力量。2006 年在台湾中原大学的"朋霍费尔与汉语神学国际学术研讨会"上我遇到了莫尔特曼（Jürgen Moltmann）的高足海德堡大学的韦尔克（Michael Welker）教授，他表示很愿意邀请我去海德堡大学跟他一起研究朋霍费尔。但在与汉克杰面谈之后，汉克杰建议我不如去蒂宾根大学跟随莫尔特曼学习，因为已经退休的莫尔特曼会有更多的时间来指导我的研究。我非常愉快地接受了汉克杰的建议，经过香港道风山基督教文化研究所杨熙楠先生的努力联系上了莫尔特曼教授，并获准在他的指导下从事当代德语新教神学研究。于是，KAAD 提供给我一笔奖学金，让我在德国进行为期 15 个月的访学。

在 KAAD 的资助下，我于 2007 年踏上了歌德和尼采的国度。我在德国的头半年里见到汉克杰的次数较多，后半年里我只见到他一两次。其间汉克杰邀请我到波恩市郊一个名叫"圣·奥古斯丁"（Sankt Augustin）的小镇上的"中国中心"，做了一次关于中国基督教学术思想研究状况的学术报告。在德国人面前讲中国改革开放30年来的基督教学术思想研究，有点令人尴尬，因为我们在校学生与学者虽多，能拿得出来的比较像样的研究成果却寥寥无几。且不谈在中国的大学体制中，包括佛教、基督教、伊斯兰教等在内的"宗教学"专业不过是哲学门类下的八个二级学科中的一个，就连国家图书馆和北大图书馆这样国内最高级别的图书馆里想找到一些必需的基督教神学研究资料都很难，更不用说堂堂国家图书馆在部分馆区维修时竟然三四年不开放外文图书借阅这种荒诞事。尽管基督教在20世纪90年代的中国经历了一个飞速发展的时期，基督教文化与基督教思想学术研究也一度成为学界新潮，但到了今天，不仅基督教信教人数已不再呈增长的势头，而且基督教思想学术研究的热潮也已退去，成为小众研究的课题，基督教思想学术研究在中国条件很差。因此，能出国学习研究几乎成了基督教研究学者和学子最重要的充电机会。以前曾读过季羡林先生的《留德十年》，从书中也可以看出季羡林先生一生的学术基础和成就基本上都是在留德十年间做出的，回来之后就再也谈不上学术上的更进一步了。

这次在 KAAD 的资助下能去蒂宾根大学追随当今世界上最重要的神学大师莫尔特曼教授短期学习，不仅是我的荣幸，也是我提升基督教神学研究水平的大好机会。蒂宾根历史上最为闻名的人物莫过于曾在蒂宾根神学院住过同一个宿舍的黑格尔、谢林和荷尔德林，亨利希（Dieter Henrich）正是根据保存在蒂宾根神学院的荷尔德林手稿重新发现了"荷尔德林的哲学"；而今天在这里则住着天主教神学泰斗汉斯·昆（Hans Küng）和新教神学泰斗莫尔特曼，此外还有布尔特曼的弟子凯泽曼（Ernst Käsemann）、巴特派神学家云格尔（Eberhard Jüngel）、宗教史大师亨格尔（Martin Hengel）、旧约神学家盖塞（Hartmut Gese）及其弟子雅诺夫斯基（Bernd Janowski）等神学家。在我所从事的基督教神学领域中，德国一直是领先者，德国不仅是"哲学与音乐的国度"，也是"神学的国度"。而蒂宾根无疑是 20 世纪下半叶德国基督教神学第一重镇，其神学研究在今天依然代表着德国的最高学术水准。在蒂宾根这里，很容易就能知道德国神学界现在流行什么。不过在蒂宾根没多久我就发现，今天的德国神学界并没有出现新的大师，就像在格拉斯（Günter Grass）之后德国再也没有出现世界声誉的作家一样（我这么说可能对伯尔、伦茨、瓦尔泽、巴赫曼、恩岑斯贝格尔、伯恩哈德、汉德克、耶利内克、博托·施特劳斯等有些不公）。莫尔特曼教授可以说是德国 20 世纪最后一位"经典神学家"，因此我很快就重拟访学研究计划，着手写一本以 20 世纪四大经典神学家巴特、布尔特曼、朋霍费尔和莫尔特曼为线索的当代神学思想问题史。我的想法也得到了莫尔特曼老师的支持。

我看过图根哈特（Ernst Tugendhat）在《日报》（*Die Tageszeitung*，2007 年 7 月 28 日）上的一个访谈，他说他 1999 年第二

次重返德国之所以选择定居蒂宾根，完全是因为蒂宾根的图书馆。的确，馆藏300万册的蒂宾根大学图书馆及其各系的图书馆对于学术研究来说堪称理想条件。面对这么理想的研究条件，剩下可做的就是一件事：拼命读，拼命写，充分利用它。35万字的《上帝死了，神学何为？——20世纪基督教神学基本问题》（2010）就是在这种信念支配下完成的。于是，在蒂宾根访学的一年就成了我埋头苦读和拼命写作的一年。我原计划去德国各地到处看看，但到最后写作陷入紧张状态，根本没有时间出游。我错过去弗赖堡拜谒托特瑙堡山上的海德格尔小木屋，也错过我去慕尼黑的新天鹅堡以及魏玛、德累斯顿、维尔茨堡这些文化名城，留下不小的遗憾。唯一可以弥补遗憾的是，居住在美丽宁静的蒂宾根小城，心意已足。

在离开德国后的许多年里，最令人魂牵梦绕的就是蒂宾根这座内卡河畔古城的美丽与深沉。每当回忆起在蒂宾根留学生活的点点滴滴，我都充满惆怅，不知何时能再访这座优美宁静的文化小城。我想，对于一名学者而言，再也没有比蒂宾根这座有着500多年历史的大学城更好的栖居之地了。有一次，我在莫尔特曼老师面前赞叹这座小城之美时，他也深深认同我的看法。自他1967年来到这里，40多年来他再也没有离开过这座文化小城。蒂宾根小城之美有时不免让人长叹，"故乡无此好河山"。

其实，在德国像蒂宾根这样的文化名城还不在少数，蒂宾根只是那些美丽的古城之一。漫步在内卡河畔的梧桐林荫道上，我总在思考，为什么德国在经历了两次世界大战和纳粹专

制之后，还能重建一个文化国度。在沃森（Peter Watson）的
《德国天才》（*The German Genius*，2010）一书中，我能找到前
半部分问题的答案线索，但是对后半部分的困惑则始终无法解
开。这些比较文化史的思索令人感叹不已，又令人不胜忧伤。
在我的印象中，我从来没见过哪个国家的人像德国人那么爱读
书，甚至法国人也不如他们。乘车时如果一个车上有几个人正
在读书，那是很常见的。德国出版业和印刷业可能是世界上最
发达的。

　　德国人喜欢阅读，各种文化活动十分丰富。尽管今天的年
轻人也深受第二次世界大战后输入的美国流行文化的影响，但
总体上来看，德国仍是一个有着很强的文化意识和深厚的文化
传统的国家，或者说，在第二次世界大战之后将自己又重建为
一个文化大国。当然，在我所接触到的德国人中，他们现在已
经很少流露出第二次世界大战前其前辈中强烈的德国文明和文
化的民族优越感了，而且，他们似乎也不再有那么强烈的国家
和民族的认同感，他们好像是最自然的欧洲主义者或世界公
民。只有在2008年欧洲杯期间，才能感到德国人多少有点回
归正常国家的那股"爱国主义"热情。不过，德国人给人印
象最深刻的无疑是他们对待纳粹历史的态度，一个民族能以得
体的方式走出那段历史阴影，十分不易。无论是柏林"欧洲
被屠杀犹太人纪念碑"（Denkmal für die ermordeten Juden Euro-
pas），还是各种纳粹历史详尽无遗的文献出版，都显示德国人
面对历史阴影的真诚态度。2008年，德国热映根据托马斯·
曼的《布登勃洛克一家》改编的同名巨制，但当时比较吸引

我的却是温丝莱特在《革命之路》之后出演的《朗读者》（*Der Vorleser*，1995）这部电影。施林克（Bernhard Schlink）这本畅销小说《朗读者》在中国有两个很不错的译本，但在德国重读它别有一番感悟。与英国人麦克尤恩（Ian McEwan）的《赎罪》（*Atonement*）相比，它的确是一本"德国小说"，而以死句读的汉娜（Hanna）看起来就像是敢于直面历史阴影的战后德国的化身。这种对德国人以及德国文化的切身感受，不到德国是感受不到的。对于理解当代德国神学的内容与风格，这种切身体验十分重要。

在蒂宾根期间我多次拜见莫尔特曼教授，在他那间"中国风格"的书房中颇受优待。我最早见到莫尔特曼老师是在1997年3月，当时他来到我当年念书的北京大学外国哲学研究所做老子"无为"思想的演讲；再见到他，是在1999年10月他来中国社会科学院做讲座。当我在蒂宾根再见到莫尔特曼教授时，他依稀还记得当年那个对基督教神学充满好学劲头的中国学生。不过，有时候他会把我的名字和以前的一个蒂宾根留学生杨煦生搞混。莫尔特曼教授在台湾主要有林鸿信和曾念粤两个学生，在大陆有一个来自北京大学的关门弟子洪亮，他们都是莫尔特曼教授亲自指导的博士生，而我在他的名下访学，顶多只能算他半个学生，但他对来自大陆的学生似乎有一份格外的期待。莫尔特曼教授自半个世纪之前凭借《盼望神学》（1964）一举成名之后，通过与东欧马克思主义、犹太教和生态学的对话，以及激发南美解放神学和韩国民众神学，影响遍及世界，但是他的神学思想对中国大陆却一直没有什么影响，直到 1997 年他的《被钉十字架的上帝》中译本才在大陆出版，而我也在那时才开始认识莫尔特曼教授，并深深为之折服。当然，若是没有 KAAD 项目的支持，我不可能那么幸运地到蒂宾根大学追随他老人家学习。

在我跟莫尔特曼教授的几次谈话中，谈得最多的并不是他本人的思想以及我应该怎么写他的神学思想。他把他的著作以及新出版的自传送给我，让我自己看。我们谈得最多的都是巴特、布尔特曼、朋霍费尔、潘能伯格和卡尔·施米特，当然还有 20 世纪 60 年代末曾执教于蒂宾根大学的德国籍教皇本笃十六世（拉辛格）。莫尔特曼教授在谈到巴特时，指出他和潘能伯格这一代对巴特和布尔特曼那一代神学的不满，比如他会特别提及巴特对犹太问题关注不够，他也从不读犹太思想家的著作。而莫尔特曼教授不仅对马丁·布伯、罗森茨威格、朔勒姆、本雅明、阿多诺、布洛赫和赫舍尔等犹太思想家的著作十分熟悉，而且他还积极与犹太思想家们展开"犹太教与基督教的思想对话"。那些犹太思想家也通过莫尔特曼教授深刻地改变了第二次世界大战后德国神学的思想方向。莫尔特曼教授的教诲将我从对巴特神学的迷恋中唤醒，我那本《巴特神学研究》无疑是一个巴特崇拜者之作。在莫尔特曼教授的指引下，我也开始接触犹太神学思想，并转向对莫尔特曼和潘能伯格都产生过深刻影响的冯拉德（Gerhard von Rad）的旧约神学。与潘能伯格将冯拉德的旧约历史神学与黑格尔的历史主义相结合不同，莫尔特曼将冯拉德的应许史的思想与布洛赫的批判弥赛亚主义结合起来，形成一种与法兰克福学派的"批判理论"遥相呼应的"批判神学",一种"新政治神学"。在谈到潘能伯格时,莫尔特曼教授也亲自指出自己的盼望神学与潘能伯格的保守主义姿态迥然有别。他不能理解的是,为什么潘能伯格神学的保守主义色彩会那么浓重。而当他谈到凯泽曼时,他对这位布尔特曼的弟子推崇有加,他告诉我凯泽曼对他的影响非常大,因此我在书中也给凯泽曼很多的篇幅加以介绍。凯泽曼不仅以与他的老师布尔特曼的十年论战闻名学界,而且也是 20 世纪60 年代新政治神学运动的先驱。

有一次,我们谈到卡尔·施米特(Carl Schmitt)在中国学界这几年很时髦,我当时跟莫尔特曼教授提起,希望日后能写一本施米特批判的书,莫尔特曼教授对此兴致盎然。施米特晚年在其《政治的神学续篇》(*Politische Theologie II*,1970)一书中曾指名道姓地批评莫尔特曼教授的"新政治神学"不过是延续佩特森(Erik Peterson)的老立场,他要对这一立场来一个清算。反过来看,施米特的右派政治神学也必然会遭到莫尔特曼教授的左派"新政治神学"的彻底批判。那次谈话之后,莫尔特曼教授让他的学生洪亮转给我一份他批判施米特的论文手稿。转眼间离开蒂宾根和莫尔特曼教授已整整五年,无论是旧约神学研究还是施米特批判,我都未能兑现自己的承诺,实在愧对莫尔特曼教授。由于国内研究条件和环境所限,本来在德国几年内就能完成的研究,在国内却会拖得旷日持久。

莫尔特曼教授这两年我倒是常见到他,他每年都受邀前来参加"北京论坛"。去年如若不是身体不适，他原本还是会来的。汉克杰博士每年也会来中国，但我屡次与他失之交臂。汉克杰博士曾在 2009 年和 2012 年先后两次来中国人民大学参加世界汉学大会，可惜我都错过了。我特别感谢他为我提供的难得的访学德国的机会。留德一年不仅是我从事基督教神学思想研究最有收获的一段时间，也是令我终生难忘的一次文化之旅。

汉克杰先生

——成就人的存在

沈奇岚*

汉克杰先生是我非常尊敬的一位长辈。

记得第一次见他，我还在大学里读研究生，申请了他所在基金会的奖学金，以期留学德国。那次见面，事后想来，算是一次面试。那些日子我正在读里尔克的书，看到一个说德语的人就很高兴，于是站在教室门口，眉飞色舞地和他聊着昨晚读过的篇章，完全没有多想他到底为什么来中国。汉克杰先生笑眯眯地看着我，没说什么话。

再一次见到汉克杰先生时，我已经到了德国。那次我去了他的办公室。他的办公室就像一个小小的中国艺术博物馆。墙

* 沈奇岚，于复旦大学哲学系获硕士学位，于德国明斯特大学获哲学博士学位，专栏作家，艺术评论人。独立策划文化项目，致力于艺术文化的传播，以及国际文化的交流与合作。曾任《大美术》海外记者，《艺术世界》杂志驻德国记者，《艺术世界》杂志社编辑部主任，中南传媒上海浦睿文化艺术部主编兼国际合作部总监。为多家国际艺术杂志、画册和出版物撰写关于当代艺术研究的文章和专栏，并与《艺术世界》、《芭莎艺术》、《艺术与设计》、《生活》月刊、Numéro 及《艺术收藏与设计》有密切合作，在国家级艺术期刊发表过多篇文章。与上海博物馆、外滩美术馆等重要艺术机构也有着长期的合作，受邀撰写学术文章。与欧盟文化委员会合作，担任《中欧文化交流与合作实战指南》首席顾问及作者。

上挂着巨幅的西安碑林的拓片——"大秦景教流行中国碑"，
另外一面墙上则是以春夏秋冬为主题的中国画。

"你要喝什么茶？绿茶？红茶？"汉克杰先生拿出一个巨大的
透明的玻璃茶壶，放了一把茶叶进去，推门出去，在壶里倒满了
热水，绿茶的香味充满了房间。我们开始聊天。他关心我和所
在大学导师的沟通是否通畅，衔接是否顺利。他说："来到一个
新的地方，需要适应。你慢慢来。"他的话有种神奇的说服力。

关于汉克杰先生的故事，我是在后来断断续续的相处中一
点一点得知的。

汉克杰先生来到基金会之前，在一家著名的银行工作。高
薪，稳定，职业轨迹清晰且闪亮。可是日日对着数字，让他觉
得这不是他的人生。于是先生就辞了职，来到了这个并不十分
起眼的基金会工作。这并不是一个"follow your heart"的励志
故事，人力资源紧张、节约开支的基金会和银行相比，并不是
一个有利于现实的选择。在基金会工作，需要无限的精力和耐
心去服务。汉克杰先生的工作，是在亚洲各国选择有志于学术
的青年人，为他们提供深造的机会。为此，他要看许多申请材
料，为合适的人推荐合适的导师。这其中有许多繁杂的沟通工
作，他毫无怨言地几十年如一日地做了下来。

汉克杰先生说他最高兴的事情，是看到这些青年人回到本
国之后，开始发光发热，在自己的天地里做出极高的成就来。
"只要他们找到了自己的道路，就好"，汉克杰先生不求回报。

他心中的愿望是改变这个世界的不公平和不平等，他觉得
自己能做的最小的努力就是给人以平等的教育。德国是教育方

面比较有优势的国度，让发展中国家的年轻人也有机会得到世界一流的学术教育，再把这样的成果带回本国，就可以促进各地的共同发展。出于这种极其朴素的愿望，汉克杰先生和他的同事们给各个学科的年轻人机会，从工程制造到神学研究，从英美文学到生物科技，他相信一个国家的文化强盛来自各个学科的均衡发展，某一个学科的突飞猛进并不能带动整个国家文化实力的提升。

"你们为什么希望其他国家的实力增强呢？"

"太多的纷争源自不平等的发展，人与人之间，国与国之间。"世界上有些人利用这些不平等来获取自己的利益，有些人致力于消除这样的不平等。汉克杰先生是后者。他知道自己不可能改变世界，但是他可以改变世界的一小部分。

选择银行还是基金会，对于汉克杰先生而言，是个价值观的选择。他的生命和时间会给世界带来怎样的影响。是为某些他都不知道的企业增加一些利润，还是为他能看见脸庞的年轻人带来改变生活和社会的机会与能量。尽管后者意味着普通的物质生活，无尽的联络和沟通，永远在为他人创造空间和机会。

汉克杰先生让我钦佩的地方不仅是他对职业的选择，还有他对生活的安排。

他是个拥有精神生活的人。汉克杰先生的妻子是一位出色的小提琴演奏家，他们经常一起对音乐进行深刻的探讨，并且对西洋音乐和中国音乐进行学术研究，结集成书——《繁茂的树枝：西方古典音乐在中国》。他觉得中国文化和西方文化是非常相近的。该书描写了上海的 20 世纪 20 ~ 40 年代，西方音乐在中国非常流行。中国人欣赏西方音乐的普遍和深入，可能远远胜过西方人本身。"当时在上海的公园里有很多音乐会，所以西方音乐不仅仅是西方人的，也是中国人的。我相信西方和东方文化，不仅仅可以相遇，而且可以非常好地结合起来。这在书法中如此，在音乐中也是如此。"

汉克杰先生也从美学和东西方交流的角度看待书法。汉克杰先生对中国的书法也是精通的。他的书房里珍藏着来自中国的毛笔和罕见的字帖。身为一个汉学家，他一直在用心体会并珍爱中国的文化。

有一次去他家中拜访，想看看他写的书法。"我泡了龙井茶。要谈中国字，必须要喝中国茶。"汉克杰先生说。

汉克杰先生酷爱书法，"书法是线条的世界，音乐和线条都是在时间中延伸，和时间形成一种互动。书法是十分具有表演性质的、富含行动的行为艺术。所以，中国艺术是非常现代的艺术。西方到了当代才开始强调行为艺术，中国艺术从一开始就是行为艺术了。书法是多么美且充满现代感的艺术！"

他对着字帖写字，临摹的是王羲之的《兰亭序》。每次只写字帖中的一两个字，反复揣摩，体会那字的妙处。"虽然我从 19 岁开始学中文，但是没法完全体会其中的妙处。中国文化是一个人一生都学不完的。这也是汉字的伟大精深之处，就算对中国人而言，也是无法穷尽的，里面有无尽的宝藏。"汉克杰先生每每感慨中华文化浩瀚无穷，总让我这种常消费好莱坞电影的晚辈感到惭愧。

　　"中国文化，是一个和时间相关的文化。线条是在时间中写就的，这些线条和音乐具有很大的亲缘性。书法是线条的世界，音乐和线条都在时间中延伸，和时间形成一种互动。当我练习书法，写出一个笔画时，那么我就是在行动。就像 Jackson Pollock 的行为绘画（action painting）一样。中国书法也是人们的行为和行动。因为人们在书法中有所行动，就和世界形成了和谐。通过行动（action），和宇宙处于和谐的关系中——这是书法和音乐的特质。所以，我认为书法是富含行动的行为艺术。中国艺术是非常现代的艺术。"汉克杰先生对中国书法的评价极高，恨不得让世人都认识到中国美学的精妙。他为此写了一本书，叫作《大直若屈：走向现代的中国美学》。

　　他欣赏中国的文人画，去功利，不为买卖，不为声名，只为修身养性兼明志。"中国传统美学是人格的美学，我想研究这种特别的人格的美学，如何在全球化的语境下、在现代转型中的中国，仍然保持完整。现在中国的艺术市场和西方的艺术市场一样：艺术家画图，卖掉。这让我感到很悲哀，艺术品成为商品，艺术行为成为商业行为。我想用我的书来表达中国美学的核心是在别处——不是在艺术市场的买卖关系中，而是在于成就人的存在（das Sein des Menschen erfüllen），成就一个和谐的世界。这种美学是一种生活哲学，让生活成为艺术品。我希望有人读我的书，以此了解中国艺术不仅仅是一些可以买来挂在墙上的商品，而是一种生活哲学，一种传统，比如聊天、喝茶、喝酒，这些都是'境界'。这是我的书的目的。"汉克杰先生是个理想主义者，他也知道，"现在大部分的人对买卖更有兴趣，我的想法不是那么合时宜"。

即使如此，他依然自己的生活中践行着这种人格的美学。比如不用电脑写中文，用手写，用毛笔或者钢笔。"汉字的美感在于，人们必须要通过学习实践才能掌握。人们学了汉字，才拥有通向中国文化的路径。汉字和中国的文化思想是那么紧密联系。不懂汉字，就无法懂得中国文化。汉字必须要流传下去。"对这一点，汉克杰先生坚定无比。

成就人的存在，是汉克杰先生的美学追求，也是他在工作中不断践行的原则。他一直努力为年轻人创造更好的学习机会，让世界多一份属于人的存在。

在莱茵河畔的一座古堡里，汉克杰先生组织了一次研讨会。夏日的古堡宁静神秘，银河低得像是垂在头顶上。汉克杰先生和我们几个年轻朋友站在星空下，默默无语，享受凝结住的时间和永恒。对于星空和深植在心头的道德，我们都有深深的敬畏。

汉克杰先生是我所认识的真正的汉学家，他客观地、不带偏见地、心怀善意和爱意地来接近他的研究对象：中国。有一次他笑着说："汉学家也是职业，就像面包师和工程师一样。如果我是面包师，我就要让面包好吃，有营养。汉学家也是如此，他有职业，要热爱他的工作和工作对象，对他的研究对象要有尊重。"

认识汉克杰先生很多年后，常与他交流德国对中国的总体看法。当德国的媒体对中国的报道有失公允时，他和当时气愤的我有过交流，他说："我觉得目前德国的媒体关于中国的报道缺乏尊重，这也是商业化的后果，如果人们之间只有生意关系，如果人只是工具而不是目的，这就会很危险，就很难彼此尊敬。汉学家必须谨慎小心地处理材质。汉学家永远不可以是一个记者。因为记者总是在找新闻点和新鲜多汁的材料。汉学家不应该向大众的趣味妥协，而是应该把观点建立在坚实的事实基础上。所有的学者都不应该感情用事。"他的态度深深地影响了我。

"我觉得每个人都是一个世界，这个世界必须要得到尊重。现在德国有很多关于中国的书，什么卖得好？女人的性历险，环境污染，贪污的故事，积累的都是负面的眼球效应。我的兴趣点从来不在这些地方。我对一个人的思想、一个人所存在的世界感兴趣。他们如何理解和想象这个世界，这个是我所关心的。人们必须保持赤子之心。如果人们只关心自己的利益，那又有什么意义呢？这些文化的相遇，必须可以丰富人生，丰富精神。人们应该互相对话，而不该互相剥削。"

他也有十分孤独的时候。那些时刻，他就沉浸在自己的书画世界中。和中国古代的文人一样，汉克杰先生在艺术创作中获得了自己的精神世界。他画的一张国画上，一个奋力划舟的人在苦苦挣扎，一旁题着德文诗："身后一片荒凉，唯一所剩的只有呐喊。"德国诗的意象和中国画的意境形成了互动的震撼，让人思索良久。

汉克杰先生每一次都选择少有人走的道路。从银行到基金会，再到选择汉学，研究美学，练习书法，画中国画，他认定就坚定地走下去。头顶有星空，心口书写着中国汉字，他十分踏实。

他以各种方式成就着人的存在。所谓影响，是一朵云推动着另一朵云，我想我的人生是被汉克杰先生深深影响了。我经常想起他纯净善良的笑容，朴素且直接的话语。他总是提着一个用了许多年的文件包，一头梳得整整齐齐的白发，永远礼貌又亲切地称呼着我："Frau Shen（沈女士）。"

物质于他，并不是生命中最重要的事情。音乐、美、人和人的相遇、对道德的追寻、对人的成就、对美德的实践，才是他值得追求终身的生命真谛。

汉克杰先生的存在，让我很安心：这世上是有这样的人的。

KAAD 与我

——我的第一次德意志之行

罗　莹[*]

2010 年 10 月 14 日，得益于 KAAD 的资助，我获得前往德国埃尔兰根－纽伦堡大学访学半年的机会，终于踏上那个传说中名为德意志的国度。年少时的俾斯曼情结以及对于德意志之名的心神向往，使我凭匹夫之勇独上帝都，在北京外国语大学度过与德语"性数格"及动词词尾曲折变化搏斗的四年，间或也感受到德语文学的奇诡想象及其哲学体系的宏大晦涩，但印象至深的却是那种弥漫在战后文学作品中挥之不去甚至喋喋不休的深沉反省，第二次世界大战后的德意志犹如作茧自缚的普罗米修斯，对于这种历史的疼痛以及自揭伤疤的行径，在红旗下成长起来的我们读来无疑只有隔靴搔痒之感。

在踏上德国领域的那一刻，各种真实扑面而来，所有关于德国的美好幻象亦轰然崩塌。我愕然发现，这个自己曾魂思梦牵的国度，其实与我的想象相距甚远。从法兰克福机场那些神

---

[*]　罗莹，广东汕头人，1982 年出生，2011 年获北京外国语大学比较文学与跨文化研究博士学位，现为北京外国语大学海外汉学研究中心助理研究员，主要研究领域为：明清来华传教士研究、中国思想史与中西文化比较、比较文学等。

色冷漠、语速极快且盘查极不客气的入境安检，到埃尔兰根机场那个南德口音浓重的印度籍司机，让我的"标准德语"从一开始就遭遇滑铁卢。位于城郊自然保护区森林边上的宿舍，在秋日过早阴寒的傍晚里犹如林中古堡般令人不寒而栗。更为戏剧性的是，安排我住宿的秘书姗姗来迟，在得知我通晓德语后，便爽快地交给我房间钥匙并默认我已经熟知此地的一切，留下只有巴掌大市中心简介的游客地图消失不见。谁知大学宿舍管理员每周只有周二、周四白天上班，而且个人电脑必须由本人送到大学某栋大楼地下室接受系统检测后才允许上网，而幸运地选在周四晚抵达的我便在埃尔兰根度过了一个与世隔绝的周末。秋叶萧瑟，天空阴沉，细雨缥缈，不苟言笑的行人稀少而匆匆，早出晚归的邻居们难得一见，小区超市里那些彼此熟悉的居民对于外来生面孔的警惕与打量亦令我心生不快。我对于德国人的第一印象是不苟言笑，恪守规矩，一语概之：缺少人情味。

　　终于，我盼来上班姗姗来迟的宿管老太太。从她那欢快的卷着大舌音的南德方言里，我不仅连蒙带猜地领悟到大学研究所的所在地，记下一堆不知道在哪个街角旮旯的换乘车站名，也学会融入德国公共社会生活的第一步：凡事皆要"预约"的精神，这堪称是对西方"契约"传统的伟大补充。顿悟之后的一切竟变得出乎意料的顺畅：在大学外事办 Nikolas Kretzschmar 先生洋溢着共产主义友爱互助精神的细心帮助下，遵循"提前预约、按时见面、材料齐全、手续完备、办事高效"的德式风格，我仅用一周时间就完成此行所需各项证明的提交，并将自己的居留合法化。从这时起，我逐渐尝到遵循"游戏规则"的甜头，也开始理解德国人对于秩序如此偏执的内在根源。这种对于秩序以及规定的刻板遵循，不仅仅是社会、学校、家庭训练导向的成果，反过来亦加强社会各个层面的有序性、稳定性及可控性。德国人身上的"规则"，不仅体现为约束个体及群体行为的行为规范，还表现为"被规范"的个体内在对于公正、公平的诉求不断增强，甚至能激发人与人之间自愿成为"公民警察"的相互监督精神，这种"规范代言人"的角色在好为人师的德国中老年妇女身上体现得尤为明显。无论何处，她们绝对都是一个必须充分尊敬的群体。从她们身上不仅能看到一个家族乃至整个民族的精神气质，更能直观表露出一个国家的文明化进程及其最为深切的价值关怀所在。一如欧洲的许多国家，德国社会亦有明显的老龄化趋势。由于我大多避开上课及上班高峰时间前往研究所，而在这每天两趟往返的行程中，公交车里清一色的都是老人家。尽管腿脚不便，白发苍苍，但衣着朴素的德国老人大都将自己收拾得干净整齐，略显孤独寂寥却不失自信。由于时常给老人家让座，因而总能生发出一些意想不到的对话，出乎我意料的是：德国老太太与年轻人一样关心我国的政治问题，并对民生问题甚为关注，尽管其见解也大多带有媒体报道所带偏见的影响。而令我印象最深刻的一次是某位老太太把我当成日本人，一路上都在跟我批评日本政府的核政策，对于当时因海啸福岛开始发生核泄漏的事件无比痛心疾首，哀伤之情溢于言表。这一次的谈话着实令我对德国公民教育的整体水平有了非常直观的认识。

　　此行接纳我的德方导师是埃尔兰根－纽伦堡大学汉学系的主任郎宓榭教授（Michael Lackner），此前他与我素未谋面，仅凭中方导师的一纸推荐，热心肠的他便爽快地将我招至门下。当时恰逢他刚刚获得德国联邦政府教育科研部支持的重大项目，创建"国际人文研究中心"（Internationales Kolleg für Geisteswissenschaftliche Forschung），行政管理事务以及学术主持工作极为繁重。但他却总能信守事先的约定，从密密麻麻的预约本中每周排出一次见面时间。当时已近耳顺之龄的他，言行举止都流露出"中国通"的和善圆通，而且其研究兴趣及知识领域都惊人地广泛，对自己在意的事物有着极高的要求，同时保持着"刺猬型"思想家特有的专注，每次见面之前他都会事先逐字校对我每周按时发送给他的译文，大多是与我博士学位论文密切相关的拉丁文资料的中文译文，继而在见面时他便能有的放矢地指出我的译文错误以及解决方案。但我最为怀念的是每次校对完毕之后那段随意的闲聊时光，令人钦佩的是：他总能从资料中一个小小的细节引申出一系列的议题，一并平等无私地与我分享他的智慧与感悟，而对于我急性子的抢白以及某些武断偏激的论断，他亦总是耐心地听取并以哈哈大笑予以包容，随后才会不急不缓地道出他对这一问题缜密的洞见。他烟瘾极大，每次见面都是在烟雾缭绕中度过的。虽说我胸中墨汁远不及郎教授的多，但吸了这小半年二手烟，我自觉看问题的视角以及分析的维度从他那里受益颇深。

　　除去每周的见面讨论外，我亦不时去蹭汉学系以及研究所每周的专家系列讲座。一开始还时常苦恼于演讲者语速太快，自己若不是全神贯注便无法跟上其思维，更不要说完全听懂讲座的内容。后来发现，一同听讲座的德国老师、学生提问时也有很多共同的问题，心中倒也释然。但无论如何，身处他们热烈讨论的语境之中，还是时常有一种身在异乡为异客之感。唯一一次翻身当主人是那年圣诞节前夕，当时 KAAD 在 Schwerte 举办题为"传统的力量——家庭在亚洲的角色及其作用"的研讨班，我们这些在德留学的奖学金学生们响应召集从四面八方齐齐奔往位于鲁尔区的 Schwerte 天主教学术研究中心。当时恰逢德国 20 年来最为寒冷的严冬，因整日飘雪不断，整个 12 月昏沉幽暗，堪称暗无天日，埃尔朗根路边的积雪有半人高，而摸黑出门打灯回家的德国人对于这种压抑的天气早已习以为常，工作起来依旧是兢兢业业。只是车不敌人，铁轨冰冻致使火车晚点事故频发。正是由于初始列车的晚点，以致我原本只需换乘一次即可到达目的地，最后却换乘了五趟车并在雪地里艰难跋涉了一刻钟才摸黑抵达，这刷新了我在德国的换乘记录并对德国铁路的各项服务有了全面而深入的体验。

还记得自己风尘仆仆地放好行李赶去餐厅时，大伙都已快吃完晚饭。当我向满头银发的汉克杰先生自报家门问好报到时，他亲切的笑容和温暖的握手让饥寒交迫满心疲惫的我顿觉温暖，并迅速与一同参会的中国留学生们熟悉起来。此后三天的研讨活动，我们与印度尼西亚、马来西亚、蒙古等亚洲国家的学生一起在汉克杰先生的关怀和主持下，就各个议题各抒己见、相互发问乃至针砭时政，一同度过充满欢声笑语的短暂时光。平心而论，若非身处德国，我们很难与如此之多来自亚洲邻国的年轻人齐聚一堂，也难能如此直接地聆听来自邻国的声音乃至批评，实际上只有身处第三国，我们才能拥有一个抽离各自现实处境及牵绊、冷静思考、以对话回应并试图理解彼此的宽松氛围。而面对马来西亚和印度尼西亚学生们敢说敢问的逼人态势以及热情奔放的歌舞才艺，拘谨而认真的中国学生们则显得有几分僵硬困窘，在那一瞬间，我似乎对于德国人的性格多了几分理解。而无论是在我们唇枪舌剑抑或哄堂大笑时，此时在场的那位真正的德国人汉克杰先生总是保持着慈祥的笑容，安静地关注着我们，仅在最后关头才会总结陈词，略表看法。会间，当大伙休息说笑时，他提着朴素的小布袋为我们每个人发放差旅费用的身影也久久地留在我的记忆之中，令我愈发感念 KAAD 对于青年学生的眷顾及慷慨。

正是借助这份奖学金的支持，我后来得以造访沃尔芬比尔特大分图书馆、华裔学志研究所以及法国巴黎国家图书馆，寻觅档案资料一并了解相关课题的最新研究成果。如果说沃尔芬比尔特以及法国巴黎国家图书馆在原始档案上给予我的惊喜和震撼开启了我此后对于原始文献研读的热情，那么热情睿智的李文潮教授以及勤奋严苛的马雷凯教授则是以他们的治学态度及人格魅力给予我精神上的极大激励。尤其是在华裔学志研究所访学的 10 日，一开始简直令我苦不堪言。马雷凯教授首日即为我的研究课题开具了满满一书桌的参考书籍，还不忘隔三岔五地往书山上多垒几本新书，并热情邀约我随时去他的私人图书室参观古书；此后，每日午饭、晚饭——因其时常熬夜写作，所以一般不与我们一同吃早饭，我才得以逃过一劫——以其独特的尖刻言辞及鞭策态度，审讯我当日的研读心得及思考成果，一开始因我看书慢又熬不住他的一再逼问，只能答到"没什么心得"，他立即对曰"那就不要吃饭了!"满桌人皆默不作声习以为常，唯我一人面红耳赤，饭食难以下咽。轮番下来晓得他平日言行一贯犀利如此，倒也脸皮渐厚，对答如流。饭后在林间小路的散步则是与马神父相处之际难得悠闲开怀的畅谈时光，此时趁着他酒足饭饱心情惬意，我可以肆无忌惮地向其发问，而他对中国天主教史上各色人物如数家珍，熟悉程度令人赞叹且个人评点极为犀利，从中我也了解到不少学界的野史逸闻，至今记忆犹新。现在回想起那段感到备受镇压以致我拼命想要与之抬杠的时光，想到当年外表如此犀利强势，内里其实也充满温情的他，今日却因中风而需以轮椅代步，心中不免有几分苦涩伤感，而他那严谨苛刻的治学态度也不断鞭策着我去培养自己的问题意识并独立地去寻找答案。

半年的德国之行，我不仅在安静简单的生活氛围中获取大量思考、写作的灵感，而且在多家欧洲档案馆收获了丰厚的研究文献及新知，而此间与学术江湖上多位高手的讨教、过招，也在治学方法及人格精神上获得极大历练。感念一群素昧平生，刚刚相识即给予我热心关怀和帮助、不求回报相忘于江湖的人们：感谢华裔学志研究所的顾孝勇博士、司徒先生，巴黎外方传教会的沙百里神父在论文资料上给予我的热心帮助，感谢永远闪耀着母爱光芒的 Frau Hahm 和 Frau Bialas 以她们关爱备至的鼓励让我更好地理解外冷内热的德国人以及他们的真诚、直接。感谢汉克杰先生以及 KAAD 的慷慨相助，让我第一次踏上德国这片神奇的土地并久久地感念这里人性的点滴温良以及那段难忘的日子。

且行且珍惜

——我的德国行纪

陆 遥[*]

生命中总有一些记忆挥之不散，对于我来说，2011 年的德国之行就是这样的一个存在。

那年年初，北京冬日的最后一场雪还没有化尽，我搭上飞往法兰克福的国际航班，开始为期四个月的欧洲游学之旅。作为无数受 KAAD 资助的奖学金生中的一员，我有幸来到向往已久的学术之乡德国，探寻先哲的足迹，膜拜其思想的荣光。让人倍加感念的是，KAAD 亚洲部主任汉克杰博士与他的同事们，以及奥古斯都大公图书馆的施寒微教授（Prof. Dr. Schmidt-Glintzer），事前与我进行了大量的沟通，帮助我将机票、行程、住宿、保险等事项安排得非常妥帖。这令首出国门的我感到异常的温暖，我也因此被德国人的严谨和细致深深折服。虽然与北京相隔遥远，然而对于我来说，德国这个国度从一开始就不是冰冷和陌生的。

德国时间 2011 年 3 月 1 日，在经历了 10 个小时的长途飞

＊ 陆遥，北京外国语大学中国海外汉学研究中心 2009 级硕士研究生，现供职于中国青年出版社。

行、一个浑噩调整时差的夜晚以及两次转车、费时六个钟头的火车行程之后，我独自一人拖着无比沉重的旅行箱走出沃尔芬比特尔（Wolfenbüttel）极简袖珍的火车站。一抬眼，清澈明媚的午后阳光瞬间融化了我，当我沿着投射着树木斑驳阴影的街道慢慢走进这座蜗居在中北德下萨克森州的宁静小镇的时候，对未来四个月的时光是未知的。

我在沃尔芬比特尔的家坐落于莱布尼茨大街的尽头，这条街道两边林立风格各异的三层小别墅，据说不少是艺术家的度假屋。每一栋别墅都独门独户并带有风格不一的花园，安静而祥和。我所居住的木屋原来是一所女校教师的宿舍，现在改建为访问学者下榻的地方。木屋入口的地砖上标注着这栋不起眼的"神仙级"小别墅的年龄——1896，那正是甲午海战的第二年。事实上，德国的许多中世纪小镇都保留有年代久远的木屋，尤其是中心地带街市上的那些小屋，往往一栋栋连在一起，每一栋的门脸都装饰有不同颜色的边框或底色，十足的童话场景。这些木屋记载着时光的痕迹，有些甚至经历过惨烈的火灾，却仍能被屋主人修缮得妥妥帖帖，令人唏嘘。一些德国朋友跟我说，自己家的房子是祖辈亲手盖起来的，甚至屋中的一些桌椅柜橱也是自己设计制造的，德国人对亲手营建栖身之所有着异常的劲头和热情。每片砖瓦、每件物什都有故事，都承载着情感。在我看来，从德国人对待房子的态度可以窥见他们对待生命的态度。生命的本真是质朴的，后天的修饰不应成为它的累赘。栖居是一种积蓄和传承，居所的价值不在于华丽，而在于与之相联的情感意义。

　　沃尔芬比特尔没有特别的物产，其中世纪的城镇面貌在德国也并非独有，然而先贤们却慷慨地留给它一份极其闪光的财富——奥古斯特大公图书馆（Herzog August Bibliothek，简称HAB）。沿着我居住的小屋前的行道向南步行五分钟，就是图书馆所在地。这座沃镇的地标性建筑诞生于1572年，一度被历任所有者和馆长建设成为阿尔卑斯山以北最大的图书馆，莱布尼茨、莱辛等德国哲学巨擘都做过这里的专职图书管理员。如今，图书馆的主体建筑修建于1887年，旧时巴洛克式圆顶的老馆由于火灾损毁严重，早已被拆除。无论游客还是每日前来图书馆阅读的研究者，只要静静沿着横亘于草坪之上的砖石小路走到她的面前，一定会油生出朝圣感。HAB既是图书馆，也是博物馆，这里陈列着众多17世纪以来的古本手稿和印刷品，有着极高的研究价值，也因此吸引了来自五湖四海的学者。

　　冬春之际的德国，气温还有些低，有时会遇上连绵的阴雨天，让人只能困于室内。于是久坐的人难免会思考些关乎人生意义的断章。据说德国漫长的秋冬季节是催生这种思绪和情绪的最佳时节。因此，这里多出形而上的哲人，真是一点儿也不令人惊讶。而在沃镇的100多个日夜，实在有太多无声的时光了。在图书馆研读，在桌边写作，在林中散步，在花园放空，现在回想起来，日子简直安静和纯粹得不真实。北京的街道和房间里总有人声，总有喧嚣，而这座小镇仿若空灵的世外桃源。每日傍晚，我坐在临窗南向的书桌前整理资料或看书，不知不觉间，面前的日头就落到远处别墅的肩头下面去了。之后便迎来美好又惆怅的夜色。那种甚至能听到耳道里空气鸣响的独处，是沉淀人心的最好方法。我想到曾有无数皓首穷经的学人在这静谧和隐居中苦读，他们将沉寂看成平凡生活的伟大注脚，直面内心的欲望和执念，让悠悠岁月把一切恐惧和彷徨揉碎在自己旷达的胸怀之中，成就不凡的人生。

身在闹市的我们，实在太需要这样一片安静的土壤！

在德国的日子还有许多有趣的见闻。KAAD 的奖学金生来自五湖四海，设在总部波恩（Bonn）的一年一度的年会以及不定期举办的主题研讨让我们这些分散在德国四处求学和访问的 KAAD 人相聚在一起。大家畅所欲言，从不同的视角阐发不同的观点，交流彼此的想法，从而加深了我们对德国社会的了解，也增进了彼此的友谊。仍记得来自非洲的奖学金生们在礼拜后为大家献上的非洲土著风格的歌舞仪式，那种发自内心、纯粹欢腾的对主的爱，让在场的人深受感染。来自东南亚的奖学金生们能歌善舞，总有令人眼前一亮的点子触发大家的想象。我也在几次活动中结识了几位来自中国的留学生，大家一见如故，没多久就成为好朋友，也因 KAAD 把本来素不相识的我们聚在一起而深深感恩。而在 KAAD 的大家庭中，汉克杰博士俨然成了我们这些来自亚洲的孩子在德国的"大家长"。每次会面，我们总会被他温情绅士的嘘寒问暖所感动，年会和历次研讨，他与我们吃住在一起，照顾我们每个人的饮食和住宿，耐心地聆听每个人的困惑，热心地帮助解决每个人的难题。汉克杰博士是位"中国通"，说得一口流利的中文，或许也因为常年负责 KAAD 亚洲部事务的关系，汉克杰博士行事除了保有德国人的严谨细致以外，还常常带有亚洲人的含蓄和柔和。我们在参观波恩总部时，在汉克杰博士的办公室里看到他精心摆放的那些颇有中国味的陈设，有纸鸢，有奖学金生撰写的书法，也有记录着美好回忆的合影。汉克杰博士说他深深热爱着自己的工作，也期待着更多优秀的亚洲学人加入KAAD 的大家庭。

多年后，我还会感念那个温暖的下午，一群志同道合的伙伴且行且谈，穿过波恩那片茂密的树林，春日午后的阳光透过叶间的缝隙洒下来，落在林间小路上，落进每个人的心里。

德国访学生活点滴

罗颖男[*]

如果说在飞往柏林的航班上更多的是对未知世界的紧张和好奇，那么这些情感在刚刚踏上柏林土地的那一刻起都转化为对 KAAD 和柏林自由大学的感激，以及对全新生活的向往。经由 KAAD 协调，我通过电子邮件提前联系上同在柏林的奖学金生胡麓珂，她非常热情地答应了接机事宜，这让首次出国分外慌张的我感受到一丝踏实。

2012 年 5 月 2 日黄昏，我开始了为期三个月的德国访学之旅。一下飞机，所有新鲜感扑面而来：不乏幽默感的边检人员，不算太大却经济适用的机场大厅，还有拿着写有我名字的小小纸牌的麓珂。简短的自我介绍后，在她的带领下我们顺利地坐上了巴士，我略带疑惑地问她如何得知我的住处，她半开玩笑地说我们除了是同胞外，还是室友。原来，KAAD 汉克杰先生的秘书 Wend 小姐当初为了帮我寻找住所，发邮件询问过

---

[*] 罗颖男，男，汉族，1987 年生，山西阳泉人。2010 年毕业于山西大学德语专业。2013 年，获得北京外国语大学比较文学与世界文学专业硕士学位。学术研究方向为中德近代交通史和德国汉学。2012 年 5~7 月，受 KAAD 资助，于柏林自由大学进行短期访学，留德期间搜集的德文原始档案对于荣获北京外国语大学 2013 届"优秀硕士学位论文奖"起到了关键作用。

麓珂，麓珂也曾第一时间向我推荐了几处住房。无奈我属于短期访学，3 个月的租期被所有房东一口回绝，几经辗转，最终还是汉克杰先生不辞辛苦地帮我联系上了柏林 Gemeinschaft Chemin Neuf 的 Jacek 神父，他破例接受我入住其天主教学生宿舍，算是解决了我的燃眉之急。麓珂笑着告诉我，当天是柏林入春以来最暖和的一天，好像老天专程迎接我似的，就连久未露面的太阳也出来了。我心中满是激动，感激所有为我这次访学付出过努力的机构、老师和朋友们，并决心不辜负大家的期望，争取出色完成此次访学的任务。

无暇顾及沿途美景，40 分钟后，我们到达位于 Steglitz - Zehlendorf 的住处。那是一个铺有石子路面的幽静小院，进门左首是一幢古朴的四层德式小楼，据说有 100 多年的历史，一层和二层用于开办幼儿园，上面两层用作学生宿舍。我的房间在三层走廊左侧，虽然只有不到十平方米的面积，却也设施完备，透过窗子不仅能够听到院子对面教堂的钟声，而且可以远眺外面街边的行人和商店。德国与中国有六个小时的时差，飞机降落时中国已是深夜，我迅速收拾好行李，见到了一两个舍友，便带着旅途的疲惫匆匆休息了。

第二天从熟悉厨房设施和做第一份西式早餐开始，在餐厅见到来自欧洲不同国家的舍友后，我很快被这一"国际化"天主教宿舍的多元化氛围所吸引，希望自己也能尽快融入这个大家庭中。隔壁的捷克兄弟 Marek 主动提出陪我熟悉周遭环境，尽管一时难以适应他的捷克式德语，但他的帮助是卓有成效的。宿舍与东柏林的地标亚历山大广场仅仅相隔一站地铁的距离，购物和公交出行都十分便利。很快，Marek 带我到附近的超市采购了食品和生活用品，在地铁站服务中心购买了手机卡和公交车票，还在一家银行开通了账户。在同 Marek 享用了第一顿欧式晚餐后，我强烈地感受到我在德国的生活开始走上正轨了。

正式的欢迎仪式定在周一晚上，源于 Chemin Neuf 一直保持的周一聚餐传统，所有学生除有急事外一律要参加，并且轮流负责买菜、做饭事宜，花销全部由修会埋单。就餐前，大家会齐唱圣歌，做祷告，饭后会围坐在一起进行主题讨论或做游戏，每次的内容由 Jacek 神父决定，主要为了增进彼此之间的友谊。麓珂特意将做饭的顺序换到了这一周，说是为了庆祝同胞入住，要大展身手。到了吃饭时间，大家纷纷前来与我打招呼，我们的话题从姓名和学校展开，另外，麓珂的意大利面受到所有人的称赞。在德国期间，周一聚餐变成我生活习惯的一部分，大家买菜、做饭、摆餐具、洗碗、倒垃圾，全部分工协作，这有利于培养团队合作的能力；当然，我也无法拒绝各式各样的美食，面对沙拉、蛋糕、炸猪排的诱惑，我非常羡慕朋友们高超的厨艺。

在融入德国生活的同时，我时刻谨记此番赴德访学的主要目的，即查找撰写论文所需的材料，并获得德国导师的指导和意见。根据出国之前的材料梳理情况，我很快给德国联邦档案馆写了一封邮件，就论文原档的保存情况和与论题相关的延展性资料向工作人员进行咨询，没想到仅仅过了两天就收到回信，内容丰富而具体，分条讲述，方案清晰，令我不禁赞叹德国人高效认真的工作态度。他们的建议帮我免除了一趟徒劳的奔走，因为原来存放在联邦档案馆的资料刚刚在两个月前被挪送至德国外交部政治档案馆。无巧不成书，政治档案馆距离宿舍只有六站地，与去往联邦档案馆需要转乘两次且耗时 50 分钟相比，简直省时省力多了。要知道柏林是西欧最大的城市，人口 300 多万，听说中心城区相当于北京三环以内的规模，要搞清与之匹配的、比北京复杂得多的城市轨道交通路线，并非那么容易。

来到德国的第六天，我一早出发去政治档案馆。第一次乘德国地铁的热情似乎比查找资料还要高涨，Rosa-Luxemburg 广场的地铁口并不起眼，没下几个台阶就到月台了，没有烦琐的安检，也没有熙熙攘攘的人群，只有老旧却干净的座椅和几个边看报纸边等车的上班族。伴随着轰隆隆的响声，一辆略显破旧的黄皮列车缓缓驶入站台，我后来听说 2 号线开通于 20 世纪 70 年代，所有车站和列车都保留了当时苏联地铁的特点，有点儿像十年前的北京地铁 1 号线。我学着他人的样子按动车厢门上的按钮，门开后发现还有很多空座位，这在北京是无法想象的。找地方坐下后，一张醒目的海报吸引了我的注意，上面写着：逃票及车内吸烟一律罚款 40 欧元。原来，在德国买票乘车主要靠自觉，工作人员会不定期上车进行抽查，一旦发现逃票的乘客，不单单是 40 欧元的事情，更严重的是，逃票行为会被写入个人信用记录，将对当事人的社会生活和工作产生直接的影响，也就是说，在德国人眼中，这个人是不值得信赖的，因为他们连最基本的义务都不愿履行。第一次乘坐德国地铁的经历既严肃又新鲜，以后的三个月里，我时常搭乘城铁或地铁出行，或独自去档案馆查资料，或结伴郊游，每一次都会发现这城市多变的色彩和魅力。

由于政治档案馆隶属于德国外交部，涉及国家机密和安全，入馆之前必须抵押证件并接受安检，好在工作人员态度比较友善，并没有因为我是外国人而区别对待。将随身物品放入储备箱之后，我带着电脑和相机进入工作室，只见过道的左侧排列着八张宽大的长桌，三四位学者模样的人正在翻阅手中的档案，右侧竖立着一排整齐的书架，并按照年代和国别顺序摆满各类目录册（Findbuch）。在档案管理员的帮助下，我填好了个人信息和论文题目，并在公用电脑上输入已经查好的资料编码，半个小时后，两大本厚重而古旧的档案便放到了我面前的桌子上。翻开泛黄的书页，我如获至宝，其中一本是20世纪初德国外交部与福兰阁之间关于开设德华青岛特别高等专门学堂的通信集，有了这些资料，我的论文主体已然非常清晰。接下来的任务就是对档案展开通读、归类梳理，并对手稿进行辨认，最后逐一拍照。说到拍照，无疑是大部分德国档案馆的优势和特色所在，众所周知，世界知名的大档案馆如大英博物馆大多严禁拍照，一方面出于保护原档的考虑，多数资料均已进行数字化处理，在根本无法接触纸质材料的情况下，谈不上拍照，另一方面，高额的复制费用加重学术研究的成本，并随之降低资料的使用价值。与之相反，多数德国档案馆之所以允许拍照，原因在于对传统纸质查档研究方法的重视，加之查档者对保护原档拥有很高的自觉性。这种良好的习惯建立在相互信任的基础之上，因为人人都有"我一定小心保护原档，绝不辜负你的信任"的意识，可以想见，在德国这样一个信任度极高的社会里，一本有着100年历史的原始档案能够完好无损地保存至今并一直提供查阅服务根本不算什么稀奇的事情。同时，拍照可以避免誊写时容易发生的损毁情况，而且省去了复制所需的高额费用。

此后的3个月，我都是在资料阅读、手稿辨认、整理归类和拍照中度过的。每次查档时，我都会小心翼翼地翻阅每一页，生怕不小心压坏了哪一页的书角，同时将厚厚的档案一页页地拍清楚，也需要很大的耐心。不久，我和工作人员以及查档的学生变成了好朋友，不时会跟值班的档案管理员开开玩笑，还会找几个学生到附近的饭店共进午餐。查档的过程看似单调枯燥，实则每天都会有新的发现，这得益于我对目录册的熟练掌握，常常会有新的资料被挖掘出来，这些目录册从不同领域对所藏档案进行了归纳，也给读者提供一种全新的思考方式，令人获益匪浅。回国后，这些历史原档成为我撰写硕士学位论文的重要依据，在此特意向辛勤帮助过我的德国外交部政治档案馆的工作人员表达最真诚的谢意。

除了在政治档案馆查找资料之外，我原本计划去我的接收机构——柏林自由大学汉学系听课，以充实学术方法论方面的不足。无奈由于访学时间不足3个月且错过了新学期的注册时间，系里按照规定拒绝了我的选课请求，我没办法像普通交流生那样听课考试。虽然很遗憾，但我依然可以在每周的固定时间找德方导师请教问题，这对我回国后即将开始的论文写作大有裨益。我的德方导师是汉学系的余凯思（Klaus Mühnhahn）教授，他是中国近代史特别是中德近代交流史方面的专家，对我的研究题目也非常熟悉。因为教授 5 月上旬在外地访学，我一直等到 5 月 15 日才头一次见到他。

柏林自由大学的主校区坐落在柏林西南部，搭乘地铁需要 40 分钟左右的时间才能到达。那里完全是市郊的环境，道路两边多是两三层的小洋楼，家家院落里种满了叫不出名字的各色植物，空气清新且常伴有花香，人们的生活透露着一股安逸闲淡的气息。大学的各个院系散落在不同的巷子里，我所在的汉学系便是一座有七八十年历史的三层独栋小楼。一进门，可以看到大厅书柜中摆放整齐的中国学读物，还有墙壁上的大红春联和汉语拼音表。余凯思教授的办公室位于顶层，每周二下午是他的答疑解惑时间，门外会有学生排成一队等候，我也成为其中的一员。第一次去汉学系时，他率先认出了我，我们的对话则是从我表达谢意开始的。在互相介绍各自学术机构的研究现状后，他向我推荐了几本与我论题相关的德文专著，并简要列举了几个可供参考的方法论，这对我之后的论文写作具有启发性的作用。在他的邀请下，我有机会参加隔周举办的 Seminar，同德国学生一起对中国语言与文化展开讨论。在为数不多的几次讲座中，通过与德国学生的坦诚交流，我发现双方对中华文化的认知都发生了一些可喜的变化，我渐渐善于倾听和接受对方对中国的理性批判，德国学生也改变了一些对中国根深蒂固的偏见。当然，除了学术对话之外，我们都抓紧利用课余时间互相纠正对方的外语发音，因为扎实的语言能力是相互交流的前提和媒介。柏林自由大学为我打开了一扇了解德国教育的窗子，尽管时间有限，我依然要感谢曾经帮助过我的老师和同学，是他们带我领略了不一样的教育方式，并引领我拓展学术视野，对已有的学术方法加以改进。

KAAD 除了给予奖学金生必要的资助之外，还会每季度举办一次主题讨论课（KAAD－Seminar），邀请全德的外国奖学金生到各州的天主教圣地参加三天三夜的学术旅行活动。我非常荣幸地收到汉克杰博士的邀请，参与由他亲自带队的、在巴伐利亚州举办的题为"我们移民经验中的个人与公共空间"的学术讨论课。

6 月 18 日，我一早抵达柏林火车总站，在上下五层、如购物中心般的柏林站里花费了 20 分钟才找到发车站台。由于 KAAD 负担全部的交通和住宿费用，我有幸乘坐德国最快的列车——ICE（Inter City Express），280 公里的时速丝毫不影响我欣赏窗外疾驰而过的风景，大城市的繁华与忙碌和小镇的古朴与安宁相互交织成一幅多彩的画卷。身旁的德国老伯精神抖擞地与我畅谈中国社会，乘务员还会递上香醇的咖啡，舒适的环境与周到的服务让五个小时的车程不再疲惫与漫长。我仔细观察到，德国人不论男女老少，几乎没有人在火车上睡觉，全都专注地看着手中的书本，柏林的地铁里也是一样；与之相比，北京的地铁和火车上，却满是沉迷于电影和游戏的"低头族"，这一点的确值得我们反思。经过两次换乘，傍晚时分，巴伐利亚州的小火车终于把我送到目的地——St. Ottilien，一个距离慕尼黑 100 多公里远的天主教修行圣地。眼前的美景仿佛把我带到另一个世界，蜿蜒的山路下边是无尽的金色稻田，与湛蓝的天际融为一体，山上散落着一群巴洛克式建筑，山顶的教堂传来圣洁的钟声。

穿过一片小树林，来到我们的住处——一座平时用于接待天主教修行者的两层高的旅店，如今成为来自世界各地、拥有不同肤色和信仰的留德大学生团聚的场所，与KAAD促进不同宗教与民族之间文化交流的宗旨无不契合。学生们陆续聚集在大厅，有的三三两两有说有笑，想必已经通过之前的Seminar成为好友，他们热情地向我和其他新人传授经验。报到后是分配房间的时间，我的房间位于第二层电梯对面，20平方米的空间放置着两张单人床和一个大衣柜，整洁而舒适，站在窗边还可以看到院子里的花园和池塘，以及远处田野上的迷人风光。我的室友是一位孟加拉国的博士研究生，他那浓重的南亚口音着实令我不知所措，好在他的笑声化解了我的尴尬，虽然无法连贯地听懂每一个单词，但接下来的几天我还是深深地被这位心理学高才生的智慧所折服。

奖学金生的首次会面是在欢迎晚宴上，主办方为大家奉上一顿精美的巴伐利亚大餐。我也第一次见到汉克杰博士本人，他比我想象的要精神和年轻许多，丝毫不像年近花甲之人。我们的交谈是从亲切的中文问候开始的，在迅速地拉近彼此距离之后我们相邻而坐，开始用餐。他再次对我的到来表示真挚的欢迎，并祝愿我在此次学术旅行以及留德访学期间有所收获，我也再次对他在我申请KAAD奖学金过程中提供的帮助和便利表达了感激之情。为了便于同桌的学生之间相互交流，我们全程使用德文对话，他非常关心我的论文情况，我也向他讲述了在政治档案馆的经历和趣事，以及目前的论文进展情况。我们知道，KAAD 对于奖学金生的选拔和管理有着一套严格的标准，即使像我这样的短期交流生亦如此；听到我的回答后，汉克杰先生高兴地拍了拍我的肩膀，会心地一笑。记得回国之后，导师曾向我提起汉克杰博士对我的称赞，说他十分钦佩一个来自遥远中国的研究生为了寻找论文资料孤身赴德的勇气，并表扬我是一位出色的奖学金生。这番鼓励让我不禁感慨，汉学中心的学生虽不像大部分奖学金生一样以学习科学技术为目的，但我们的价值实际上和 KAAD 是极其相似的，那就是积极沟通中西文化，做文化交流的使者。每一个小我的工作虽不起眼，然而不积跬步无以至千里，汉克杰博士对我的赞许从侧面体现出他对汉学中心使命的理解与推崇。就餐期间，他还询问了我的日常生活，比如对天主教宿舍生活有什么感受，对首都柏林有怎样的印象，等等。KAAD 所有工作人员正是以这样一种和风细雨般的柔情关心着每一位奖学金生的学习与生活，这使得大家仿佛跨越了国家和宗教的藩篱，成为温暖而和谐的一家人。

晚餐后，汉克杰博士主持了欢迎会，所有参会者逐一进行自我介绍。原来，在 KAAD 的奖学金生中，最近的来自邻国波兰，最远的可能要数南半球的委内瑞拉，真的是遍及世界各个角落。另外，其中有来自柏林洪堡大学的高才生，也有来自普通技校的专科生，体现出 KAAD 对不同级别高校、不同专业学生的全面考量。会后，一位金发碧眼的小个子女生走到我面前。她叫安娜－玛利亚（Ana－Maria），罗马尼亚人，就读于 Chemnitz 大学英语语言文学专业。她说她之前曾在中国做过两年的大学英语外教，对中国有着特殊的情感，希望和我交个朋友。我们随即聊了起来，她讲的发生在北京语言大学的趣事让我至今记忆犹新。当时已经大学毕业的她，拿着德国某高校英语语言文学专业的文凭去参加北京语言大学的招聘，对方提出的两个问题令她感到既困惑又无奈：第一个是，你为什么去德国的大学读英语专业？第二个是，如果聘用你，能否对学生谎称自己为英国人？她果断停止了应聘，后来到另一所北京高校教书去了。我想，这件事从中国教育方式现代化的角度来讲是值得深思的。聊到最后，我们惊奇地发现，安娜居然还曾在我的家乡山西居住过半年，她还饶有兴致地跟我复习了几句经典的家乡话。与安娜的结识，可以说是中国文化将两个遥远国度的人联系在一起，我们的话题围绕中国展开，大到国家经济发展，小到某个普通的中国学生，我在无形之中光荣地担任了一次传播中国文化的使者，虽然我无法代表整个国家，但我很乐意为外国人了解真实的中国打开一扇门，用自己的实际行动诠释中国文化的内涵。之后的三天，安娜不仅耐心帮我解释讨论课中的疑惑，而且带我领略巴伐利亚风情，我们的友情也一直延续至今。

第一天的日程是此次学术旅行的核心——讨论课，第一场是由斯图加特大学的建筑与社会学专家库恩（Gerd Kuhn）博士带来的"我们移民经验中的个人与公共空间"同名讲座。他以德国社会两大外来移民群体——土耳其人和波兰人为中心，还原了两者在长期的移民过程中与德国本土居民发生的融合与排斥的代表性事件。随后的讨论大家各抒己见，其中来自东欧保加利亚和罗马尼亚的同学们最为积极，纷纷讲述了各自国家在融入欧盟的过程中产生的问题；两位伊朗留学生则从宗教的角度出发，阐述了伊斯兰教与其他世界性宗教之间的关系。我最大的收获在于，充分了解德国在跨民族、跨宗教交流中发挥的建设性作用，大家的观点虽然不尽相同，但不同文化的碰撞和交流启发每个人重新思考自身文化的价值，我们的视野因此更加开阔，心灵也更加宽容。

午餐后，St. Ottilien 教区的施罗德神父（Erzabt Jeremias Schröder OSB）带领我们参观教堂的各项设施。来自亚非拉留学生天主教问讯处的霍夫勒（Eva Hofler）女士随后为大家做了一场报告，主要介绍该机构的组成和工作内容。亚非拉留学生天主教问讯处是一个与 KAAD 类似的机构，并与后者建立了紧密的合作关系，两者都属于天主教，都为第三世界国家的赴德留学生提供奖学金资助，不过前者只针对亚洲、非洲和拉丁美洲的发展中国家，KAAD 的对象则是包含东欧国家在内的非西方发达国家。无论如何，两者的宗旨是相通的，即通过奖学金资助更多的留学生顺利完成学业，成为对社会有用的人才。

第一天下午的压轴项目要算弥撒，这是我在德国期间见过的最具特色、最有创意的一场弥撒。首先，大部分的学生信仰其他宗教或不信教，信仰天主教的人数不足四分之一，这一点从根本上决定了这场弥撒的与众不同。宗教仪式以进堂式为开端，艾根伯格（Pater Prof. Dr. Thomas Eggensperger OP）神父诵读《圣经》，并以"移民经验"为题进行讲道，台下的听众边听边沉思，突然间，委内瑞拉小伙子的一首吉他弹唱打破了全场的寂静，接下来的女声清唱和吉他二重唱将整个弥撒推向高潮，三组表演者都对传统圣歌进行了改编，用更加轻松欢快的形式带动了台下学生的情绪。汉克杰博士在齐唱圣歌时声音格外洪亮，在他的带领下，基督教学生依次排队领取了圣体。

第二天的任务是前往慕尼黑开展学术性旅行。乘火车抵达慕尼黑后，我们从市中心的玛利亚广场（Marienplatz）出发，游览了周围的旧市政厅、新市政厅和圣母教堂，并购买了标志性的"绿色洋葱头"明信片留作纪念。沿着内城道路，我们在慕尼黑王宫和国家剧院的大门外驻足、留影，感受巴伐利亚王国500多年以来的历史沧桑。广场上三根旗杆并立，分别挂着欧盟、德国和巴伐利亚的旗帜，也体现了巴伐利亚州作为自由州在德国的特殊地位。走在宽阔的皇家大道上，两旁华丽的巴洛克式建筑记载着巴伐利亚的光辉与荣耀。布林纳街和路德维希大街在音乐厅广场交汇，许多美术馆和博物馆也在此林立。马克西米利安大街两侧则布满了新哥特式的宫殿，如今成为奢侈品商店的聚集地。

谈到慕尼黑，人们很自然地会联想到拜仁慕尼黑足球队和慕尼黑啤酒节。安联球场离市中心较远，我们只能放弃参观的念头；不过喝啤酒则无须等到10月，因为它融入每个当地人的血液里。汉克杰先生轻车熟路地将我们带到慕尼黑最知名的

Hofbrauhaus 啤酒馆，门口的标语非常醒目：口渴比思乡还要糟糕（Durst ist schlimmer als Heimweh），原来慕尼黑人口渴的时候都喝啤酒啊！不大的空间被一组组紧挨着的木头桌椅全部占满，我们一行人就座后开始讨论各种啤酒的味道，安娜和我选择分享一大杯黑啤。黄昏将至，客人们渐渐坐满整个啤酒馆，身着当地传统服装的酒保们，无论男女，都双臂各端四大杯啤酒在人群中穿梭忙碌着。我们举杯庆祝，品尝着香浓的美酒，身穿绿色坎肩的艺术家们拉着手风琴，吹着圆号，大家纷纷跟着节拍手舞足蹈起来。汉克杰博士脸上泛着红光，用中文向我炫耀着慕尼黑啤酒，聊到起劲儿之时还同其他学生说起中文，不禁令人感慨，一向温文尔雅的他竟也有如此滑稽和可爱的一面。

第三天早晨，在与汉克杰博士、室友和安娜依依惜别之后，我踏上了回柏林的旅程。这次学术旅行不仅为我呈现了与柏林全然不同的南德意志文化，更重要的在于，其为各国留学生畅谈学术、交流思想提供了宝贵的平台，成为我德国访学中最珍贵的经历。

紧张的学习之余，我也尽量安排周末时间去外地旅游。最难忘的应该是康斯坦茨之旅，我们五个就读于德国不同高校的大学同学非常难得地欢聚在一起。湛蓝的博登湖边，我们远眺瑞士和奥地利的山峰，体验一湖跨三国的壮美；看着玩耍的孩子们追着白鸽奔跑，也好想回到那无忧无虑的童年；静静地坐在湖边，品尝着清爽的微风，观赏着轮渡划开一层层涟漪，仿佛一切烦恼都被这潭湖水冲散而去。徜徉在沁人心脾的花岛上，我们被鲜花的海洋和五彩斑斓的蝴蝶簇拥着，一只小松鼠成功吸引了所有游客的注意力。原来它也赶去花园广场看热闹，那里有一对新人在醉人的夕阳中正乘着花车驶上幸福的旅途。我们还大踏步跨过国境线，去瑞士的边境小城 Kreuzlingen 遛了个弯儿，在德瑞边检站驻足拍照，享受着自由跨越两个国度的新鲜感。为了倾听乡土味的瑞士德语，感受高福利国家的生活品质，我们一行人特地乘火车前往 Kreuzlingen 附近的石头城，领略中世纪小城的古朴与宁静，不但抚摸了古老教堂的红色墙砖，还有幸碰到了身穿民族服装的瑞士小伙儿。我们搭乘瑞士的高级列车去往莱茵瀑布，望着湍急的水流直奔而下，不禁积蓄一股力量，共同完成人生第一次野外徒步登山的经历。在最后一天的黑森林之行中，我们在精品店里挑选了精美的咕咕钟，在咖啡店里品尝了正宗的黑森林蛋糕。此番康斯坦茨之行带给我无尽的自然之美，为枯燥的学术生活增添了一份难得的乐趣。

当然，与宿舍朋友的旅行也是必不可少的。除了由 Jacek 带队的两次参观教堂的行程之外，大家都将目的地锁定为偏远的小镇。第一次我们选择波罗的海小城 Warnemünde，此行的主要目的就是在沙滩上晒太阳，对于在内陆长大、不习惯日光浴的我来讲，即便涂满防晒霜，也避免不了被晒伤的命运。好在我们碰到一只爬上海岸的小海象，并与之开心地合影。现在想来，面对着天与海交织的模糊界限，波罗的海的微风吹着松软的沙滩，听着远方传来船舶的鸣笛声和海鸥的歌声，一边野餐一边聊天，其实挺惬意的。第二次是为了准备舍友 Wojciech

的生日，Marek、Wojciech 和我共同到波兰边境城市什切青做短暂的一日游。我们坐轮渡游览奥得河（Oder），目睹了岸边造船厂衰落的情景，欣赏了入海口波澜壮阔的美景，还享用了一顿可口的东欧海鲜大餐。虽然时间仓促，但波兰留给我的印象还是很深的，与德国、瑞士不同，因为曾经深受苏联的影响，这里的街道、房屋，甚至电车都依然保留着苏联的印迹。听 Marek 说，波兰不是一个国际化的国家，在这里几乎看不到外国人，难怪我在什切青火车站的时候曾被当地警察要求出示证件，这可是我访学期间的唯一一次被警察要求出示证件。当然，此次一日游还是很成功的，毕竟我们买到 Wojciech 想要的酒和蛋糕。

2012 年 7 月 29 日，我告别柏林的朋友，启程回国。在德国度过的三个月时光是我永远珍藏的美好回忆。我不仅在学术上取得了进步，而且结交了很多朋友，开拓了自己的视野。值此汉克杰博士 60 岁诞辰之际，我谨献上对这位智者的感激与崇敬之情，并真诚感谢 KAAD 对中德学术交流做出的卓越贡献。

KAAD 与我

——兼记在德国的访学生活

张　欣[*]

作为一名外语专业的学生，最希望的应该就是到所学语言国学习或生活一段时间，这既能提高语言水平，也可以让自己亲身感受当地的风土人情。十年前我刚开始学习德语时就有这样的愿望。后来由于种种原因，我错过了几次去德国的机会。2013 年 5 月，我终于踏上德国的土地，开始了在美丽的莱茵小镇波恩（Bonn）为期半年的生活。而这次德国之旅得以成行，首先要感谢的是 KAAD。正是在他们的资助和支持下，我才可以在德国顺利找到毕业论文所需的研究资料，继续开展研究和论文写作。

一　初识 KAAD

初次听到 KAAD 的名字，很容易把它和缩写只有一字之差的 DAAD 相混淆。带着强烈的好奇心，我搜索了 KAAD 的

[*]　张欣，女，1985 年生，山东青岛人。现供职于北京第二外国语学院德语系。于 2013 年 5 月获得 KAAD 奖学金，赴德国波恩、魏玛、柏林等地搜集论文资料，并作为交换生在波恩大学汉学系学习一学期。2013 年获得博士研究生国家奖学金。

网站，发现它可以为来自世界各地的天主教信徒或有其他信仰，但乐意开展宗教间友好对话的学者和学生提供奖学金，资助他们赴德留学、访学或搜集相关研究资料，建立（学术）交流网络，促进包括宗教与跨宗教方面的研究全方位发展。我的毕业论文选题与 KAAD 的宗旨还算有一定关联，再加上这个题目在国内可利用的研究资料有限，必须要到德国寻找一手文献，所以我就认真撰写了研究计划，联系好德国导师和学校，向 KAAD 递交了申请。

经历了一个寒假的等待后，我收到了 KAAD 亚洲部通知我申请成功的邮件。让我没想到的是，附件中还有一份长达 50 多页的说明，列举了 KAAD 为奖学金生提供的各种帮助、奖学金生应尽的义务和注意事项，从出国准备、学业规划、各种经费资助，到如何租房、缴纳医疗保险，事无巨细，都有周到的安排，充分体现了德国人的严谨和细致。对于没有出国经历的人来说，这份说明更像一份贴心的在德生活指南。其中给我印象最深的一句话就是："当你遇到任何困难时，请不要犹豫，立即向 KAAD 求助。"这样温暖的话语也让我因为初次独自出国而紧张的心情放松了不少。

KAAD 很快用行动兑现了他们的承诺。在准备出国时，我遇到了一个很大的困难——如何解决在德国的住处。德国的大学生并不像中国学生那样必须统一住在学生公寓里，而是有多种住宿可能性。学生公寓因为"价廉物美"备受学生青睐，但只有少数的幸运儿可以申请到学生公寓。由于从得知申请成功到成行的时间非常短，我错过了申请波恩大学学生公寓的时间，一时也无法从网上找到合适的租房信息。无奈之下只能抱着试试看的心态，向 KAAD 求助。结果亚洲部主任汉克杰博士很快就回复了我的邮件，并热心地为我提供了两个选择，满足我希望住得离学校较近的愿望。在他的帮助下，我终于租到了合适的房子。这段小插曲也让我彻底打消了对在国外生活的担心和顾虑，怀着期待而放松的心情来到目的地——德国波恩。

二　与 KAAD 工作人员的来往

由于 KAAD 的总部恰好位于波恩，我比住在其他城市的奖学金生有更多的机会当面接触 KAAD 亚洲部的工作人员，在和他们的书信往来及面对面交流中我感受到了友好与温暖，并与他们结下了深厚的友谊。

抵达德国后的第三天，我应汉克杰博士的邀请，来到了KAAD 总部做客。一下有轨电车，就看到一座高耸的天主教堂，而 KAAD 的总部位于教堂对面，一座并不起眼的小楼是，隐藏在一排小洋房中。如果不是有门牌号提醒，很难把它和办公楼联系起来。汉克杰先生亲自在楼梯口迎接我，带我到了他的办公室。我们喝着他从印度带回来的红茶，在轻松的气氛下开始闲聊。汉克杰博士是一个温和、热心、健谈的人，他有很强的亲和力和儒雅的气质。他先询问了我初到德国的适应情况。在得知我是第一次到德国，而且初到德国无法上网时，耐心地给我画起了亚洲超市等处的路线图，还提供了几个同在波恩的中国奖学金生的联系方式，并建议我如果遇到生活上的困难，可以向他们求助。接下来，我们谈到我的研究课题和在德国的研究计划。汉克杰博士推荐我可以去波恩郊区的圣·奥古斯丁（Sankt Augustin）华裔学志图书馆，如果有些文献不在波恩的图书馆，还可以通过远程互借，找到所需资料。这些方法在我日后寻找资料时也确实派上了用场。

闲聊中，我发现汉克杰博士时不时会蹦出几句标准的中文，他的房间里也充满了中国元素，墙上挂着好几副书法和中国画。于是我好奇地询问他是不是学过中文，得到了肯定的回答。我还了解到，汉克杰博士不仅学过汉学专业，还从事中西音乐交流史的研究。他一听说我学过钢琴，眼前一亮，从书架上拿出了自己写的一本关于中国西洋音乐教育发展的书，很高兴地说这本书的中文版已经出版了，等我回到中国可以找来看看。

我与汉克杰博士的研究领域本来没有交集，但通过一件事我感受到德国人的严谨与认真。有一次，我收到汉克杰先生的邮件，询问我一个中国古代地名的汉字写法以及它在某个朝代的名称和区域范围，在收到回答后，还追问这一地域范围的历史变迁，提出了几种假设，请我帮他查阅相关工具书，看看他的推断是否合理。我很奇怪他为什么要关注这样一个小细节。原来他正在撰写一篇关于以琵琶为代表的西域乐器传入中国的途径和历史的论文，参考了前人学者的一篇英语论文。这个学者提到北魏一个关键地名时只列出了拼音，没有标注汉字，而且只注明这个地名在民国，而非北魏时期的区域范围。而中国历史上一个区域的名称时有变化，地名所指的细微变化可能会引起研究误差。由于对中国古代地理和历史不太熟悉，身边也缺乏参考资料，他希望找相对熟悉中国历史的中国学者帮他查证，以免犯错。弄清楚原委后，我心中很是佩服汉克杰先生小心求证、打破砂锅问到底的学术精神，他也给我树立了榜样，让我在做学问时注意少一些浮躁，多一分认真。

临回国前，我应汉克杰夫妇的邀请，和几位奖学金生一起到波恩贝多芬故居旁的音乐厅，欣赏了一场古典音乐演奏会。在中场休息时，汉克杰夫妇还带着我们到场上参观，了解古钢琴的构造。这时我突然想到，汉克杰博士的姓氏汉克杰，在德语里是小提琴手的意思，而他的中国妻子就是小提琴演奏家，汉克杰先生自己也专门从事音乐研究。他们一家同音乐的不解之缘果然是早就注定的啊！

亚洲部的另一位工作人员毕阿拉斯女士负责组织奖学金生聚会等具体事务。我和她本来只是通过邮件联系，不过她强烈希望能见到我本人，所以我们也有过几次面谈。毕阿拉斯女士虽然不懂中文，也没有到过中国，但她对中国的一切都很感兴趣。我们每次会面都会畅谈很久，从中国的气候、风土人情、大学生活，到中德两国的文化、教育体制差异，无所不聊。毕阿拉斯女士是一个友善的人，本来不善言辞的我在她面前可以很放松地打开话匣子，而她大多时候都是微笑着倾听，在适当的时候发问，或是总结，话虽不多，但句句精辟。

除了平时与奖学金生联络外，为了加强 KAAD 与奖学金生之间，以及奖学金生之间的交流，KAAD 专门建立了校友录，策划各项活动。如每年举行一次盛大的年会，每个在德国逗留超过一年的奖学金生都必须参与一次专题研讨会，也可以自由参加天主教高校联合会（KHG）专门为各国奖学金生组织的课余文体活动，无论参与者是否为教徒，都会受到热烈的欢迎。联合会的负责人平易近人。一次聚会结束后，我想找他打个招呼，以为他应该在前排就座，可找了半天也没有找到。结果一个德国朋友告诉我，他正在后台收拾乐器。我简直无法相信，刚才像个大男孩一样，抱着吉他活力十足投入演奏的乐队主力竟然就是我要找的人。这也算是一个小小的文化差异吧。

在高校中，KAAD 还会指定一位教授负责解答学生在学术和宗教信仰上的各种问题。我刚到德国时，波恩大学的负责教授正在法国访学。他一回到德国就邀请奖学金生到家中做客。我也是在这里第一次见到了包括两位中国人在内的其他奖学金生。我们坐在教授家的后花园，闻着花朵的清香，看着香薰蜡烛的闪闪亮光，一边吃自助餐，一边谈天说地，轻松而自在。

在和 KAAD 各位工作人员接触的过程中，我从他们身上感受到了不分宗教、语言、种族的真诚、友好与热情。他们的支持和帮助也为我在德国的生活带来了方便，让我有更多时间投入学习中。

三　在德学习与生活

我来德国最主要的任务是搜集论文资料，其次是在波恩大学汉学系听课、学习。波恩大学对交换生的学习没有太多限制，只要征得任课老师的许可，我就可以跨系旁听自己感兴趣的课程。于是我根据自己的研究方向选修了汉学系、德语系的几门讲座课和研讨课。由于国内大学的德语系大多引进德式教学法，我除了要接受个别教授过快的语速和庞大的信息量外，对德国大学的课堂形式和学习氛围并没有太多的不适应和迷茫。不过相较于国内学生的羞涩内敛，德国大学生在课上积极思考，主动发问，不怕出错出丑的求知热情还是给了我不小的触动。汉学系经常举办讲座，召开学术会议，我也有幸参与其中，有时还会去德国其他城市参加学术交流活动，有机会向顶级学者请教。教授们也都热情地解答了我的疑问，还为我提供了各种帮助，让我的研究能够顺利进行下去。

除了上课之外，我几乎将全部时间都投入搜集资料工作中，每天泡在图书馆和档案馆里，调研、咨询、查阅、复印、拍照、识别手稿，收获颇丰，搜集到了大量一手资料，有些资料在国内尚未引起学者的足够重视。查找资料时，KAAD 也为我提供了建议和指导。我想，在 KAAD 的支持下，我的研究工作会取得更多的成绩。

说完学习，再来谈谈生活。我的住处位于波恩南部所谓的"富人区"，周围遍布森林和精致的小洋房。优美的自然风光、清新的空气、盛放的鲜花、悠闲的生活节奏等给我留下了深刻的印象。而接触到的德国人基本上都给我留下了良好的印象，他们温和有礼、认真守时、态度严谨，而又不缺乏幽默感，需要动用大量人力、物力时的办事效率并不见得比国内高，但凡事都有计划，并严格执行，人际关系也比较简单。波恩是一个小城镇，官方统计的常住人口从 1986 年起就一直保持在 30万。这里没有大城市的拥挤和喧嚣，只有安静与惬意。北方的建筑不如南方的色彩鲜艳，人也拘谨些，但并不代表北方人不爱生活。再简朴的房子也收拾得窗明几净，窗台上摆满了鲜花和玩偶，再小的庭院也会精心布置。街上经常可以看到老太太购物后颤巍巍地推着小车慢慢走回家，而车里的生活用品旁总会摆着一束鲜花。波恩所在的北威州是德国外来流动人口最多的州之一，在这里，不同肤色，讲着不同语言，有着不同宗教信仰和文化背景的人们和谐相处。我作为一个外国人没有感受到明显的排外情绪，反而在初到德国，事事需要求助时总能得到德国人，特别是老年人热情而礼貌的回答。生活在波恩这样的小城市没有压力和浮躁，非常适合养心，舒适的外部环境也提高了我的工作效率。

四　结语

如今回国已有四个月，我经常回想起在德国的美好时光和与 KAAD 工作人员及奖学金生间的交往。在德国的半年时间里，KAAD 给了我诸多帮助，我自感能回报他们的甚少。在今后的日子里，我会与 KAAD 和其他奖学金生继续保持密切联系，更希望能为中德跨宗教、跨文化交流研究尽自己的绵薄之力！今年恰逢汉克杰博士 60 华诞，祝愿他生日快乐，幸福长寿，祝愿 KAAD 发展蒸蒸日上，硕果累累！

记与汉克杰先生二三事

陈笑天 *

中国人说，相识即缘分。我跟汉克杰先生的缘分始于 2010 年 10 月 22 日，时值北京大学美学论坛第 25 讲，而汉克杰先生便担任那一次的主讲人。讲座是在北京大学美学与美育研究中心举行的，也就是燕南园 65 号（法学泰斗芮沐的旧居）。这是一个古色古香的老宅子，而就在这个中国老宅子里，即将举行一场关于西方美学的题为"超美之美——论美学与神学的关系"（Schönheit über Schönheit hinaus — Zum Verhältnis von Äs- thetik und Theologie）的小型演讲。

进入拥挤的会场之后，我便和其他几个晚到的同学坐在客厅的沙发上，分享着演讲材料。我的德语在当时尚处在牙牙学语的阶段，根本无力应付复杂的学术语言，不过多亏我的导师徐龙飞教授在现场的同步翻译，我才得以听懂一二。徐老师和汉克杰先生的声音在那样一个相对狭小的空间里浑然交响，此

---

* 陈笑天，男，1985 年 5 月生于江苏南京。2003 年考入北京大学哲学和宗教系，2007 年获得哲学学士学位，同年保送北京大学哲学和宗教系攻读宗教学硕士学位，2011 年取得哲学硕士学位（宗教学方向）。2012 年 6 月赴德国科隆大学托马斯研究所攻读哲学博士学位。博士学位论文题目为《托马斯阿奎那论情感》，现研究领域为古代和中世纪哲学。

起彼伏，相映成趣，但隔着走廊，看不到汉克杰先生的正脸，我便只能循声识人了。会议结束后，章启群教授和徐老师一起宴请汉克杰先生，为其洗尘，我作为徐老师的弟子也有幸参与其中。汉克杰先生当时给我留下印象有二：一是声貌，二是汉语。见过汉克杰先生的人恐怕都有这样的印象：汉克杰先生长得有中国相（甚至有一位 KAAD 的拉美学者曾误以为汉克杰先生是我的中国导师），我隐约能从其神态中窥见老庄式的随性与淡定。汉克杰先生的声音也似乎不是那么"德国"，领教过德国人浑厚的发自腹腔深处的重鼻音的同学们肯定明白我的意思。我也几乎敢肯定汉克杰先生的德语也受到几十年汉语训练的影响：和普通德国人连环炮式的日常德语不同，他吐字清晰，节奏分明，很难不让人联想到跟汉字的单音节性之间的联系。汉语对汉克杰先生的母语影响至如此程度，那么其汉语之精深也是可以想见的。值得一提的是，章启群教授在席间几次提到叶朗先生对中国美学研究的未来之寄语："话要接着往下说。"我个人认为要把美学的这个"话"给承接下去，前提就是寻求新的思想来源、话语体系和方法论，而就对西方美学的理解而言，我们更需要新的思路和方向。汉克杰先生在那次演讲中对西方美学的哲学和神学意义上的追根溯源以及深度剖析，完全值得借鉴并能启发中国的美学史学者。

再次见到汉克杰先生是一年多以后。2012 年 1 月 10 日，我拜访了位于波恩的 KAAD 总部，汉克杰先生在办公室约见了我，那时的我已经荣幸地被接纳为 KAAD 的一员了，加之并无他人在场，这次会晤与第一次的意味已经截然不同。尽管如此，但我们对于燕南园的记忆依然清晰如初：汉克杰先生在我眼里还是那个随性且淡定的汉克杰先生，而我也还是那个略显生涩拘谨的年轻人。我于 2012 年 1 月 6 日晚 8 点到达德国波恩，而在那之前从未踏出国门。到了一个新环境，突然变成了"少数派"，我的心情只能用诚惶诚恐来形容。当我自以为即将孤单地度过异国他乡的第一个新年时，汉克杰先生邀请我去他家共度中国新年，这既让我感动，也让我体会到新年与家人团聚的意义所在，我不得不说，也唯有在这种生存处境完全变换的情况下，人们才会去珍视生活里被忽视的平常事物背后的终极价值。在汉克杰先生家度过的那一夜是梦幻般的。我看到了汉克杰先生 30 多年前与在德国留学的中国妻子周老师的合影，我沉浸在汉克杰先生爱子的钢琴表演之中，我被簇拥在诸多德国汉学家之间听着他们用中文讨论中国和中国人的事情，一时间我仿佛产生了时空错乱的感觉：超越种族和国家的文化纽带让我真正体会到了家的感觉。在汉克杰先生家的那次经历给我上了一堂人生课，德国人对中国文化和中国人超乎想象的尊重和理解将永远激励和感动着我在对西方智慧的求索道路上继续走下去。

之后，那六个月的德语学习尽管枯燥，但在波恩度过的 2012 年还是伴有很多跟汉克杰先生有关的精彩瞬间，这里只提两件事。

首先是汉克杰夫妇在波恩著名的贝多芬之家（Beethovenhaus）举办的题为"东西方的相遇：西方古典音乐在中国之影响"（East meets West：Der Einfluss der westlichen klassischen

Musik in China) 的演出。此次演出可以说是 2012 年波恩中国年系列活动中的一个亮点，汉克杰先生从头至尾负责文字讲解，介绍西方古典音乐在中国之早期接受史，而汉克杰先生的妻子周老师则手持小提琴与一名青年钢琴家闫竞舸一起为听众带来西洋乐器诠释下的东方五声音阶，实乃做到了声文并茂之极致，堪称理性和情感交相呼应所碰撞编织的一部交响诗。

其次就是我和汉克杰先生共同参与的 2012 年科隆中国年系列活动中的一次主题演讲："中国和德国——一个哲学的对话"（China und Deutschland — ein philosophischer Diskurs）。原定作为最后一位发言人的李秋零教授因故无法出席，汉克杰先生和科隆大学外事办便把这次机会给了我。汉克杰先生对我的信任让我至今难以置信，我并无任何用德语发表公开讲话的经验，更不要说顶替国内康德专家李秋零教授！作为一个刚刚从语言学校毕业的中国人，三个月后就要在科隆的 Rautenstrauch-Joset 博物馆用德语发表演讲，只有一个月的准备时间，并且是开放题目。在经历了三周漫长而痛苦的思考之后，我最终在汉克杰先生以及科隆大学外事办的 Preuschoff 女士的建议之下，确定题目为《与西方哲学之相遇——我的个人经验》（*Begegnung mit westlicher Philosophie — meine persönliche Erfahrung*），并在演讲当天的凌晨三点完成初稿，随后我一字未改地当众朗诵。本来忐忑不安的我却在演讲结束后收到了与会者们的正面评价，尤其看到汉克杰先生肯定的眼神和笑容时，我才彻底松了口气，我知道我没有让他失望。

写到这里，我已经在 KAAD 的呵护和支持下度过了德国博士研究生涯的头两年，这两年内发生的每一件事都在改变着我。如果用两个字概括我在这短暂的留学生涯里学到的最大道理，那便是：责任。对 KAAD、对汉克杰先生、对我的导师 Speer 教授和恩师徐龙飞教授、对我的父母、对我的未婚妻，当然，对我自己而言，我只要做到没有让其中任何一个失望，就已经是最大的成就了。

图书在版编目（CIP）数据

莱茵访学：中国学人的德国记忆／李雪涛，温馨编 . -- 北京：社会科学文献出版社，2015.9（2017.1 重印）
ISBN 978 - 7 - 5097 - 7378 - 9

Ⅰ.①莱⋯ Ⅱ.①李⋯ ②温⋯ Ⅲ.①散文集 – 中国 – 当代 Ⅳ.①I267

中国版本图书馆 CIP 数据核字（2015）第 076165 号

莱茵访学：中国学人的德国记忆

编　　者／李雪涛　温　馨

出 版 人／谢寿光
项目统筹／王玉敏　李延玲
责任编辑／高　靖　梁　帆　沈　艺

出　　版／社会科学文献出版社·国际出版分社（010）59367243
　　　　　　地址：北京市北三环中路甲 29 号院华龙大厦　邮编：100029
　　　　　　网址：www. ssap. com. cn
发　　行／市场营销中心（010）59367081　59367018
印　　装／北京京华虎彩印刷有限公司

规　　格／开本：889mm × 1194mm　1/32
　　　　　　印 张：7.875　　字 数：168 千字
版　　次／2015 年 9 月第 1 版　2017 年 1 月第 2 次印刷
书　　号／ISBN 978 - 7 - 5097 - 7378 - 9
定　　价／59.00 元